寳鐫堂詩文鈔

余志海◎著
屈小宁◎注

中国社会科学出版社

图书在版编目(CIP)数据

宝镌堂诗文钞/余志海著;屈小宁注. —北京:中国社会科学出版社,2020.12(2024.1重印)
ISBN 978-7-5203-6823-0

Ⅰ.①宝… Ⅱ.①余…②屈… Ⅲ.①格律诗—诗集—中国—当代 Ⅳ.①I227.7

中国版本图书馆CIP数据核字(2020)第127474号

出 版 人 赵剑英
责任编辑 杨 康
责任校对 沈丁晨
责任印制 戴 宽

出 版 中国社会科学出版社
社 址 北京鼓楼西大街甲158号
邮 编 100720
网 址 http://www.csspw.cn
发 行 部 010-84083685
门 市 部 010-84029450
经 销 新华书店及其他书店

印刷装订 北京明恒达印务有限公司
版 次 2020年12月第1版
印 次 2024年1月第2次印刷

开 本 710×1000 1/16
印 张 18.75
插 页 2
字 数 168千字
定 价 79.00元

凡购买中国社会科学出版社图书,如有质量问题请与本社营销中心联系调换
电话:010-84083683

《长安集》序

胡安顺

《长安集》者，《菊香斋诗文钞》《承心堂诗文钞》《宝镌堂诗文钞》三部诗文集之丛聚也。作者胡安顺、许晓春、余志海三人，年齿不同，经历不同，所学所业抑或不同，然同系陕西师范大学教师则一，同系陕西省诗词学会理事则一，同好中国古代诗词且数十年笔耕不辍则一。今幸乘弘扬传统优秀文化之东风，各裒集拣选历年镂心之作，按体分类，顺时编次，复加推敲，相约成套以付梓，以飨同志，且了却平生文心好古之愿，实乃吾辈作者之快事，亦所在学校、学会之美事也。各部所收均以诗词为主，诗论为辅，内容多寡则互有不同。《菊香斋诗文钞》诗词而外，酌收赋记对联若干；《承心堂诗文钞》兼收古风律诗，重在律绝，尤重五言；《宝镌堂诗文钞》唯收律诗，五言七言，律绝并重，稍加注释。

陕西远绍周秦古韵，汉唐高风，历为文运之圣地，鸿儒接踵，诗人如云，仅以唐代秦籍名家为例，苏颋、王昌龄、张志和、韦应物、杜牧诸人，或为文章大手笔，或为边塞七绝之圣手，或为山水田园之瑰才，或为咏史抒怀之冠军，各领一代风骚，平地起风浪，触手尽成春。而今陕西依然雄踞文化大省之列，古韵流风，俊彩星驰。以诗而论，社团林立，妙手成群，佳作泉涌，品类丛生，格调清新，声播九州。《长安集》仅为近年古体作品之一束，共收诗作逾千首，赋记诗论近百篇，对联近百副，若以一校一会而论，其量似可略备其数矣。至若品质之优劣，岂敢标许风裁，自高声名，有待君子定价，更期后世知音臧否取舍矣。

夫诗或有以一首而驰誉者，如唐崔护《题都城南庄》、金昌绪《春怨》、张若虚《春江花月夜》，或有多达数万首而无名者，如乾隆皇帝，故曰好诗在质高不在量高。童子跳绳，虽多量而无高度，可以为鉴。诗人或有少年成名者，如唐王勃、骆宾王、宋王禹偁诸人，或有年老而才尽思竭者，如南朝江淹，故曰好诗在老成不在老年。《沧浪诗话》云：“诗有别才，非关书也。诗有别趣，非关理也。”今补曰：“诗有别情，非关年也。”古今时代有别而江山无异，风景不殊，甚或今胜于昔，如泰山、庐山、黄河、长江、长安、咸阳、曲江、辋川、乐游原、大雁塔、黄鹤楼、鹳雀楼、滕王阁等，古人借以妙笔生花，绝唱千古，今人面对同样之山川日月楼台亭阁，吟咏无数，然竟无一首超乎前贤者，其故何也？是世异则事异也，非古人尽善而今人全不能也，故曰好诗在风气不在风景。气存则日月生辉，万物有灵；风去则天地无情，山河失色。大凡佳作，无不用词轻巧，通晓自然，思致含蓄，意趣盎然，凡属劣品，大多用词生硬，言大语塞，文理浅俗，意趣索然，故曰好诗在巧劲不在狠劲，所谓“用意十分，下语三分，可几《风》《雅》”。歌唱忌声野，野则难为听，书法忌力猛，猛则难为观，诗亦如之。唐人名作，常有用字重复者，如王维《鸟鸣涧》、李白《静夜思》、崔颢《黄鹤楼》等，亦有不合律者，如李白《送孟浩然之广陵》、杜甫《暮归》、张志和《渔父》、韦应物《滁州西涧》等，故曰好诗在意胜不在词工。所谓“炼句不如炼字，炼字不如炼意”“造意者难为工也”。诗之用不唯在抒发个人情感，更在于关注社会现实，映射百姓甘苦，补缺救失，讽喻导扬，所谓“兴观群怨”“正得失，动天地，感鬼神”

者是也。倘若全无家国情怀，逃避现实，脱离生活，笔触仅囿于个人屑屑琐事，其作品又岂能与读者共鸣哉？故曰好诗在题材不唯诗才。《风》《雅》之旨，建安风骨、元和意趣，是为明鉴，以此为戒，庶几有年。

以上六事，乃《长安集》作者数十年创作之心得也，且内省外鉴，去躁戒浮，以古为师，与古为新，力学躬行，故能日有所进，月有所得，聚沙成堆，集腋成裘。今不揣简陋，出而示之，以期与我同志共勉，为中华民族复兴之伟业做出贡献也。

陕西师范大学历来重视弘扬传统优秀文化事业，资助是集出版，即为明证。值是集付梓之际，谨向有关部门及工作人员表示由衷感谢，同时向中国社会科学出版社及本集编辑表示诚挚谢意。

己亥新秋于陕西师范大学菊香斋

序　一

杨恩成

春节时，志海夫妇来家里小坐，并呈上这本诗稿。

20 世纪 90 年代初，志海就读于陕西师范大学中文系。毕业时留校工作。当时，仅知道他的书法功底很好，还给中文系本科生开设了书法课。那时，高校开设书法课的并不多。后来，因为工作需要，他又被调到新闻专业，从事新闻传播学的教学工作。二十多年后，当他给我送上这本诗稿的时候，我才发现他在格律诗的创作上也很有天赋。

书法和格律诗是中国传统文化的重要组成部分。社会在进步，时代在变化。汉字书写在古代是人们之间交流的工具，发展到现在则演变为一种书写艺术。只有诗，作为一种情感艺术，还保留着它原有的抒情达意的功能。但是，由于语言的变化，要写出符合传统韵律的诗，并非一件容易的事，但也不是一件高不可攀的事。关键在于个人的学养。

我用了一段时间，读完了志海的这部三百余首诗稿。掩卷而思，给我的第一感受就是：生活中处处有诗材，就看你有没有充满诗情的胸怀！

诗情是诗歌创作前的情感冲动。它受到客观外界诸多因素的影响。诗心则是诗人之心。北宋诗人王令在他的《庭草》诗中说："独有诗心在，时时一自哦。"意思是：有诗心，才会有诗！

从这部诗稿的内容看，恐怕和志海"时时一自哦"的诗心有关。

诗以"适性"为创作契机，而不完全像白居易说的那样，"文章合为时而著，歌诗合为事而作"。因为白氏的这种提法把诗歌创作限定在一个狭小的题材空间。所以，他的诗，除了一些有影响的讽喻诗，其好诗多是在他淡化了功利之心以后创作的。

这本诗稿里写的多是日常生活中人们习以为常的事情。就像志海在一首《论诗》中说的那样："一切真情性，尽从凡俗来。"我认为：志海所说的"凡俗"，就是指日常生活。我发现：在这部诗稿中，节令诗与游览诗占有突出地位。这是作者日常生活的一部分。但从诗的内容看，却印证了钟嵘在《诗品》中强调的“气之动物，物之感人，故摇荡性情，行诸舞咏”这一论断。也就是说：人们写诗的动因是受了节气或景物变化的影响有感而发的。这就产生了古典诗歌中人们常说的伤春悲秋意识。

对于这一点，晋代的陆机在《文赋》中说得更为透彻。他说，人的生活积累是艺术创作的前提：人们“遵四时以叹逝，瞻万物而思纷。悲落叶于劲秋，嘉柔条于芳春。心凛凛以怀霜，志眇眇而临云。咏世德之骏烈，诵先民之清芬”。尤其是在诗歌创作过程中，有时会进入“精骛八极，心游万仞”的境界。而这种境界已经不是对客观物境的直观描写了，而是融入了作者的主观感情。

可见，我们常说的人与自然的和谐早在陆机那里已经具有了人与客观自然境象的心灵互动。正是心与物的互动，促使诗歌具有了情感之美。

现代人多喜欢在节假日外出旅游，饱览祖国的大好河山。可是，每游览一地，多有诗作纪游、抒怀的人并不多。这不能不说是一种心灵的缺憾。志海就与此相反。多年来，祖国大江南北的灵山秀水、高山大漠甚至域外风光，都留下了他的踪迹。而印证这些踪迹的就是他的许多纪游诗、抒怀诗。这类诗在这部诗稿中占有相当的篇幅。足以证明志海对大自然的倾心。

他有一首《角直古镇游赋》，中间两联写道："平江流古韵，细雨带新烟。碧树回头岸，乌篷渡客船。"淡淡几笔，描绘出了江南水乡的明媚烟水，像一幅恬淡的水乡风景画。且不说这两联诗是否与王摩诘的山水诗有渊源，最起码能与"宋韵"相媲美。再如《江南游别》写江南水乡景物，清淡有致，历历如画："新旅江南客异乡，乐晴乐雨乐彷徨。幽村古镇笛声远，碧水小桥花影长。南市晓烟凝石坞，北山夕月落鱼塘。别期忽至终须别，梦里家山叶叶黄。"《雨中登泾阳崇文塔》："步步攀缘塔几重，随兴放眼望葱茏。不知泾渭分明处，可在蒙蒙烟雨中?"三四句暗中切合诗题中的"雨中"二字。妙处在于切题而不露痕迹，呈现出一派自然恬淡之美。

古人常常认为：人的情感世界受节令的影响。就像陆机说的那样，"悲落叶于劲秋，嘉柔条于芳春"。志海在这部诗稿中收录了描写元日、人日、元宵节、寒食节、清明节、端午节、七夕、中秋节、重阳节、除夕等节令的诗近百首。而这些节日，正是中国传统文化中最为引人注目的"非物质文化遗产"。姑且不论志海这类诗在艺术上的优劣，仅从其内容而言，他常常即景生情，而且很少矫揉造作。比如在一首写中秋的诗中，他说：“云淡心思远，月圆惆怅多。何人明镜里，不肯忆蹉跎。”诗意含蓄而恬静。把中秋与岁月流光联系起来，抛开了传统的“圆缺意识”。再比如《端午》诗：“当年名士迹寻难，往事惊心楚水寒。醉里何人忧国是，此情独向艾枝繁。”尤其是后两句，细细品味，耐人寻思。每个节令，都有其不同的文化内涵。不落前人窠臼，自出新意，这是志海节令诗最突出的特点。如果没有对中国传统文化的熟知与钟爱，以及对时下风气的感悟，恐怕难以自出机杼。

友朋之间的酬唱是这部诗稿的又一主要题材。这类题材常常是因事而发，即席而就。如《酬天沐兄重阳客敦煌》前四句：“秋风夙夜到敦煌，雨落祁连白草长。朔漠寒衣惊戍鼓，塞云孤雁断诗肠。”把朋友独客之境描绘得淋漓尽致，孤独之情全从境界中流出。《长安校区秋吟和苦竹兄》一诗，可以说是情、景俱佳：“独在长安学馆西，忽闻佳作破痴迷。昆明湖畔红千树，太古陵边绿半溪。且把秋声枝上挂，宜将暮霭水中栖。可怜日落秋山远，不见星光月自低。”在七律中，“以景作结”常常会给人留下余音袅袅的审美效果。但要做到这一点，是比较难的。我之所以说志海的这首诗“情、景俱佳”，原因就在于他运用了以景作结的手法。这是很难得的。

读完志海的这部诗稿，很有感触，就把自己的一些看法写了下来。权作“感言”吧。

2017 年 9 月 8 日

序　二

胡安顺

诗者，志也，伸心志抒忧乐也。其技虽似雕虫，而其用大矣，或寄志抒怀，陶冶情操；或移风易俗，教化人伦；或察情安民，抚近来远。是故《书》云“诗言志，歌永言”，子曰“诗可以兴，可以观，可以群，可以怨。迩之事父，远之事君”，《诗品序》云“感天地，动鬼神，莫近于诗”。《毛诗正义序》云“若政遇醇和，则欢娱被于朝野；时当惨黩，亦怨刺形于咏歌。作之者所以畅怀舒愤，闻之者足以塞违从正”。是故夏使遒人以木铎徇于路，周使史为书，瞽为诗，汉置乐府以采风，驰輶轩以观俗。大凡高士名流、风云人物，多能以诗明志，抑或慷慨悲歌于穷途，如五子、屈原、项羽、刘邦、苏武、曹操、曹丕、曹植、蔡琰、陶潜、李白、杜甫、白居易、韩愈、苏轼、陆游、文天祥诸人，莫不声播八荒，韵流千古。《汉书》有云：“登高能赋，可以为大夫。”岂虚语哉！

诗之为用既大，故历来论说者亦多，如孔子之“温柔敦厚说”、子夏之“六义说”、刘勰之“神思说”、钟嵘之“直寻说”、陈子昂之“兴寄说”、王昌龄之“三境说”、白居易之“为事说”、严羽之“气象说”、王世祯之“神韵说”、沈德潜之“格调说”、袁枚之“性灵说”、翁方纲之“肌理说”、王国维之“不隔说”，等等，各备一理，皆得其妙。未必全是，亦未可全非，如曲中七音，各处一阶，园中百花，尽呈其艳，诚叶韵者之津涉，摛翰者之华苑，欲扬声致远者不可不察。

惜乎迩来传统陵夷，艺苑凋零。今逢中兴之世，诗教稍张。然仿制古诗者实多，而精研其理者似少。心悦唐音者颇众，而吟近其声者盖寡。此犹不临帖而欲功致二王，不学兵而思决胜千里。志海君倾心向古，高标孤诣，研作律诗者有年矣。日不废搦翰，夜不忘揆理，言不妄发，词不虚掷，意求写真，文思构巧，故能日进月积，佳句时出，试看“有心追梦蝶飞乱，无计留春燕语穷”（《送春》）、“青丝挠断悲民愤，绿蚁倾干别酒家”（《甲午腊月持续雾霾有作》）、“生来有节自高标，傲骨虚怀总寂寥”（《咏竹》）、“为报明年君一顾，余香化作紫泥肥”（《残梅》）、“看梅初雪后，酌酒小寒时”（《小寒寄天沐兄》）、“留香风欲驻，恋蝶雨先晴”（《雨晴看牡丹》）诸句，皆清新自然，神采飞扬，堪称精心推敲之作。综览其集，非唯佳句，全篇堪称佳作者亦随处可见。此举其四：

绥德怀古

曾经烽火万兜鍪，多少铁蹄过此州。
北战南征常进退，东来西往几筹谋。
忠勤夺命将军墓，耿直亡身太子丘。
无定河边千古恨，怎教士子不添愁？

伤　春

花开几日又销沉，解语春风何处寻？
桐叶流诗怜洛北，沈园题壁泣山阴。
晏家父子悲无奈，野老文章恨别心。
帝托杜鹃啼夜苦，几人知是爱春深？

早春雨霁

故城新雨沐春芽，未着绿装先着花。
枝上依依并翼鸟，声声暖意送人家。

岁末与诸好共赴茶城

腊月南山客，往来皆故人。
偏怜陈酿好，倍誉紫泥新。
半日有闲贵，一年无雪贫。
东风应着力，吹得满枝春。

其中立意谋篇，可圈可点，意境韵藻，窅然焕然，足证志海君已通诗家三昧，风骨精神，循此而往，必能探海得珠，更上层楼矣。

学诗百法，急务者莫若“语通、意厚、思巧、情富”四事。语通即诗意晓畅，明白如话，如江河东流，秋雁排空。最忌晦涩僻奥，言不及义，前后脱节，意杂失统。

医云“通则不病，病则不通”，诗亦如之。意厚即雅义丰多，含蓄蕴藉，如孔子之宫，荆山之璞。叙事象物，目不暇接，寄志骋怀，余韵隽永。百川灌河，不见涯涘。尸居龙见，渊默雷声。力避赘词寡义，空然无物，平庸浅俗，一览无余。思巧即构思新奇，不落俗套，如公输造屋，孙子用兵。奇正相依，首尾相应。虚实多变，明暗互衬。起承转合，严丝合缝，羚羊挂角，无迹可求。出乎意料，不失情理。空谷足音，思接千载。情富指爱恨情仇，尽在笔端，若东风触物，夕阳余晖。所谓登山则情满于山，观海则意溢于海。诗本多情物，无情莫为诗。丽词炫人耳目，真情动人心魄。志足言文，硬语盘空；情信辞巧，尽得风流。倘若空驰夸饰，无病呻吟，不能感于己，岂能动于人？

志海君精研诗法既久，于以上四事可谓谙熟于心，且身处浮躁而不闻，日见异物而不迁，心慕李杜，趣在林泉，清茗高会，唱和不辍，故其技日新，风格渐成。虽然，愚以为集中用典稍多，而作注似赘。用典多是学院派之通例，作注繁乃新时代之印痕。诗贵直寻，义忌牵强。典多雅奥，其义必隔；作注助读，其词必晦。形象欲多，用典宜少；僻词不用，何需作注？宋诗不及唐诗，元明以下又难及两宋，优劣盖在形象与理趣、自然与雕饰、清纯与练达之间。故曰高手在取意，在晓畅，在情富，在形象，在思巧，在蕴藉，在品质；不在夸饰，不在词丽，不在议论，不在古奥，不在用典，不在加注，不在量多。托情神域，得意忘言。逐鹿之犬，岂复顾兔？拙言未必尽是，予姑妄言之，汝姑妄听之。

志海君以“宝镌堂”名其斋，镌者，精心撰著之义也。循名责实，可谓诗因堂而多趣，堂借诗而生辉。是为序。

2019 年 4 月 10 日于菊香斋

目　录

上编　律诗

下编　诗论

上编

律诗

五言律诗

岁时节庆

春　日

疏放南山下，归来又一春。
芳菲花作伴，清脆鸟为邻。
率意登明道，轻裾拂落尘。
碧天晴日里，照彻我精神。

早春遇雪

温暖营春半，翻然霰雪①临。
新芽方出色，小蕾正开心。
未负春光浅，何妨酒巷深。
醉舟知不便，寄意到山阴②。

注释：①霰雪：雪珠和雪花。屈原《楚辞·九章·涉江》："霰雪纷其无垠兮，云霏霏而承宇。"②山阴：用"山阴夜雪"典。南朝宋刘义庆《世说新语·任诞》："王子猷居山阴，夜大雪，眠觉，开室命酌酒。四望皎然，因起彷徨，咏左思《招隐诗》，忽忆戴安道。时戴在剡，即便夜乘小船就之。经宿方至，造门不前而返。人问其故，王曰：'吾本乘兴而行，兴尽而返，何必见戴！'"

清　明

梦里家山远，一行一步寒。
长空云寂寂，袤野路盘盘。
别袂经年破，离杯隔夜残。
东风曷牵挂，堕絮满长安？

挽　春

常恨春光短，去程[①]无可收。
寂寥今又始，离别古来愁。
绕蝶怜衰蕊，啼莺惜故丘。
落花知有泪，不肯向君流。

注释：①去程：离去的路程。唐张祜《玉环琵琶》诗：“宫楼一曲琵琶声，满眼云山是去程。”

立夏遇雨

未听天籁久，俗务日劳劳。
忽见风吹雨，才惊夏结桃。
浮思称五柳[①]，坐梦断三刀[②]。
笨鸟飞何去，云天一样高。

注释：①五柳：陶渊明，名潜，字元亮，私谥“靖节”，世称靖节先生，东晋末期至南朝宋初文学家，有《五柳先生传》，因号五柳先生。②梦三刀：《晋书·王濬传》："濬夜梦悬三刀于卧屋梁上，须臾又益一刀，濬惊觉，意甚恶之。主簿李毅再拜贺曰：'三刀为州字（古州字写作'刕'），又益一者，明府其临益州乎！'……果迁濬为益州刺史。"后人以"梦三刀"指称官阶高升。

伏日酷热夜不能寐

入伏偷生苦，高温似火流。
鸟鸣朝不见，蝉噪夜无收。
辗转难成梦，睖睁①苦望秋。
莫如挥秃笔，抹月②到床头。

注释：①睖睁：睁大眼睛发呆或直视。②抹月：抹月批风省。指吟啸风月，清高自赏。北宋苏轼《和何长官六言次韵》："贫家何以娱客，但知抹月批风。"

中秋节登银杏坡

又到中秋节，独登银杏坡。
闻香寻桂子，随影觅藤萝。
云淡心思远，月圆惆怅多。
何人明镜里，不肯忆蹉跎。

秋思二首

其　一

秋风何瑟瑟，日月自阴晴。
霜冷犹栖瓦，云寒不筑营。
枝枝摇异色，叶叶落空声。
一念三生短，芒鞋付远征。

其　二

荣枯秋过眼，寂寞在长安。
意向飞蓬急，兴随落叶寒。
烛头千载梦，蜗角①几盘餐？
造化驱人苦，拿来放下难！

注释：①蜗角：蜗牛两角。《庄子·则阳》：“有国于蜗之左角者曰触氏，有国于蜗之右角者曰蛮氏。时相与争地而战，伏尸数万，逐北，旬有五日而后反。”

寒冬避霾

霾没千年巷，寒流百姓家。
驱车不见路，触手可扬沙。
闭户延痰喘，燃灯弄䴏茶①。
夜来空做梦，树树落梨花②。

注释：①䴏茶：音 yuè chá，变质之茶。《旧五代史·汉书·李守贞传》："守贞尽以䴏茶、染木、姜药之类分给之。军中大怒……"此处代指发酵类茶。②梨花：色白，此喻雪花落于枝上，似梨花盛开貌。唐岑参《白雪歌送武判官归京》有"忽如一夜春风来，千树万树梨花开"句。

白　露

白露惊凉枕，寒霜沁薄襟。
传来青女①令，惊动老人心。
未见穿庭燕，独怜悬壁琴。
三更犹不寐，辗转月西沉。

注释：①青女：传说中司霜雪之神。《淮南子·天文训》："至秋三月……青女乃出，以降霜雪。”高诱注：“青女，天神，青霄玉女，主霜雪也。”

岁　暮

岁月无穷尽，时情①逐日殊。
闲愁随自在，俗事任糊涂。
别久辜春信，邀迟负玉壶。
去年梅发处，能折一枝无？

注释：①时情：世情。宋陈师道《晦日》诗：“人老时情薄，春深花意微。”

纪事感怀

赴毕业班别宴有作

又与诸生别，年年过此关。
男儿情切切，女子泪潸潸。
莫负青春好，何辞世路艰。
几杯温酒后，一笑对苍颜。

送登迎兄弟返京

生来为过客，何事不磋磨。
浅谷清流少，都门白眼多。
谁知失马叟①，自惜饭牛歌②。
莫作非分想，烦忧奈若何？

注释：①失马叟：典同“失马塞翁”。②饭牛歌：古歌名。相传春秋时卫人宁戚喂牛于齐国东门外，待桓公出，扣牛角而唱此歌。后用作寒士自求用世的典故。

惠鸣兄弟自京还聚

聚散何由己，别来三十年。
近眸惊又老，忆旧笑争先。
秦岭探奇境，天池戏渡船。
才情关不住，本色到酣边。

秋日忆梦

枕上空收泪，凄然别梦难。
霜风吹面老，塞曲①向谁弹？
北雁秋声急，西山菊色残。
扁舟无处系，独向一江寒。

注释：①塞曲：边远地区的乐曲。唐杜甫《夜闻觱篥》诗：“夜闻觱篥沧江上，衰年侧耳情所向。邻舟一听多感伤，塞曲三更欻悲壮。”

子夜酒后应邀题画

茅坡微醉后，语怠步疏慵。
画纸扶方正，研池蘸已浓。
挥毫游赤壁①，击掌拟黄钟②。
砌下啾啾处，原非昨夜蛩。

注释：①游赤壁：牧云君作赤壁夜游图，故云。②黄钟：十二乐律之一，声调最为宏大响亮。

端午节征途感赋

步履关山苦，龙舟客域逢。
朝行蹊路上，夜泊浅流中。
伍魄①凄吴雨，屈魂②悲楚风。
穷观江海阔，起落古今同。

注释：①伍魄：指伍子胥。相传吴王夫差听信谗言，赐伍子胥自刎，并于五月五日投尸大江。伍含冤死后，化为涛神，世人哀祭之，端午节亦传为伍子胥祭日。②屈魂：指屈原。楚国大夫屈原为楚王举贤强国，反遭放逐，知秦军破楚后，于五月初五日抱石投江。楚国百姓纷纷凭吊，每年此日公为祭日。

教师节自酬

课字南山下，空身赚鹤龄①。
无关世眼白，但守布衣青。
放钓长流水，滋兰不死庭②。
去来身外物，未碍对苍屏③。

注释：①鹤龄：此喻长寿。②不死庭：本指仙境。此处借喻精神不死。唐白居易《梦仙》诗："帝言汝仙才，努力勿自轻。却后十五年，期汝不死庭。"③苍屏：苍色屏障。喻指青山。宋朱熹《九曲棹歌》诗："六曲苍屏绕碧湾，茅茨终日掩柴关。"

霾中遇蜡梅

原本寻常物，浑浑看未真。
播香疑旧树，匿影怼[①]新尘。
寄意从风骨，伤心在道津[②]。
百年兴一叹，不是自由身。

注释：①怼：音 duì，怨恨。屈原《楚辞·九歌·国殇》："天时怼兮威灵怒，严杀尽兮弃原野。"②道津：指道路和渡口。此处双关。

岁末与诸好共赴茶城

腊月南山客，往来皆故人。
偏怜陈酿好，倍誉紫泥[①]新。
半日有闲贵，一年无雪贫。
东风应着力，吹得满枝春。

注释：①紫泥：指紫砂茶具。

与学生鉴赏摩崖拓片后作

频频叹圣手，着意在摩崖。
镌字似镌佛，拓文如拓花。
纸头墨色老，石上泐斑[1]麻。
无处觅真迹，唯凭岁月加。

注释：①泐斑：石头上因风化而形成的坑斑。泐，音 lè。

书法课后过昆明池

暮色幽黉宇[1]，钟声下夕阳。
奇文知意会，妙笔解锋藏。
茧纸[2]流天趣，岑楼溢墨香。
归来池畔月，已到水中央。

注释：①黉宇：古代学校的校舍。②茧纸：用蚕茧壳制成的纸，洁白缜密。唐何延之《兰亭始末记》云："（王羲之）挥毫制序，兴乐而书。用蚕茧纸，鼠须笔，遒媚劲健，绝代更无。"

大学同学卅年纪念聚会

卅年风雨过，聚散任飘零。
发染青中白[①]，肴挑白里青[②]。
闲忧儿女路，笑对海天屏。
月落星光尽，还将往事听。

注释：①青中白：青丝（黑发）中的白发。此句谓年始二毛。②白里青：白色菜肴（多难食化）里的青菜。此句谓牙口退化。

咏物兴寄

春　柳

岸柳初增色，春光二月娇。
乘风忙剪叶，仗雨竞抽条。
怅意桓公叹[①]，离情灞水桥。
荣枯凭岁律，不论暮和朝。

注释：①桓公叹：用“桓公叹柳”典。东晋大司马、丞相桓温，一生志在收复中原，先后三次率军北伐，皆不利。第三次北伐途经金城（位于今南京栖霞），见三十余年前自己手植细柳皆已粗大合抱，乃感慨长叹曰：“树犹如此，人何以堪!”不由折枝堕泪而去。

春 雪

序：诗友命作春雪，禁用雪、玉、盐、花、絮、白、粉、银、晶、莹十字，奉如下：

浪漫弥天宇，翩然舞不回。
枝头听簌簌，陌路望恢恢①。
快意山阴棹②，舒心灞上梅③。
东风无密谛，一泻到崔嵬。

注释：①恢恢：宽阔广大貌。《史记·滑稽列传序》：“天道恢恢，岂不大哉!”②山阴棹：晋王子猷居山阴，夜大雪，眠觉，忽忆戴安道，时戴在剡，即便夜棹小舟往访。经宿方至，造门不前而返。仆问之，答曰：“乘兴而来，兴尽而返，何必见戴?”③灞上梅：宋孙光宪《北梦琐言》卷七：“或曰：‘相国（指唐宰相郑綮）近有新诗否?’对曰：‘诗思在灞桥风雪中驴子上，此处何以得之?’”又据明张岱《夜航船》载，孟浩然情怀旷达，常冒雪骑驴寻梅，曰：“吾诗思在灞桥风雪中驴背上。”

飘　絮

乱絮争浮荡，茫然若断魂。
翻飞空有致，起落了无痕。
朝就青苔巷①，夕投金马门②。
随风飘不定，何处是归根？

注释：①青苔巷：长了青苔的巷道。喻指闲静、冷落的地方。唐白居易《西风》诗："薄暮青苔巷，家僮引鹤归。"②金马门：汉代宫门名。汉武帝得大宛马，立铜像于鲁班门外，因称金马门。亦为汉代一官署名称，学士待诏处。此处暗喻名利场所。

腊月人工降雪

昨夜人工雪，俄然遍野村。
飘飘谐梦境，隐隐作春痕。
夕月犹飞冷，朝阳未觉温。
东风何日顾，送暖入寒门①？

注释：①入寒门：语双关。

长安大雪

长安一夜雪，万籁寂无声。
压顶松翻傲，摧腰竹不惊。
骋心琼宇阔，纵目玉山明。
律渡①残寒去，春风欲满城。

注释：①律渡：律指四时之序，渡即渡过、引渡。

流浪犬

许是豪门犬，绝然遭弃离。
见人摇耻尾，遇食展愁眉。
守职曾逢主，效忠今向谁？
可怜世界大，何处有家为？

雨中咏白玉兰

细雨春原上，轻烟阔野中。
遥惊雪色艳，近悦玉颜同。
逸态百看少，纤尘一洗空。
怜卿多洁癖，不肯效飞蓬。

题落叶

青春生丽质，秋色动天门。
摇曳烟含煦，参差雨带温。
叶丹犹惹爱，茎碧已还魂。
世事皆从变，阿谁惜旧恩？

题《广武将军碑》[1]

逸气惊毛颖[2]，雄姿迈管城[3]。
谋臣松处士[4]，干将楮先生[5]。
布阵横刀剑，连营列甲兵。
勒空天下石，一树丈夫名。

注释：①《广武将军碑》：前秦建元四年（369）刻碑。《平津读碑记》云："碑已残泐。前叙其先世，次叙其政绩，末有官名疆界，似是纪功立界之碑。"②毛颖：毛笔的笔锋。③管城：毛笔的笔管。④松处士：指墨。⑤楮先生：指纸。

游览即景

江城早春

晴空和晓籁[1]，旭日走丹霞。
潏荡[2]波推岸，翻飞鸟戏沙。
宽心须放棹，闲耳莫听笳。
解语春风里，江城二月花。

注释：①晓籁：清晨自然界的声音。唐杨衡《赠罗浮易炼师》：“晓籁息尘响，天鸡叱幽声。”②潏荡：音 yù dàng，水荡涌貌。

曲江春早

休嗟春步缓，应到曲江头。
新草惊堤出，清芬挽客留。
云长还恋岫，水浅不行舟。
一瞥晴空里，遥来数只鸥。

角直古镇游赋

如许清秋画，吴中①八月天。
平江流古韵，细雨带新烟。
碧树回头岸，乌篷渡客船。
肯将多少事，付与紫云边。

注释：①吴中：角直隶属于江苏省苏州市吴中区，故谓。

携诸生赴青海采访二首

其　一

长车驰古道，遥向雪山行。
海色晴空碧，边声古笛清。
喧嚣归倦客，寂寞属长城。
提笔当提剑，差堪慰远征。

其　二

摄身青海东，访问到湟中。
烈日尘光紫，边村陌影红。
应知百姓苦，何必万言同。
愿得书生气，文章字字公。

旅呈坎与田兄上灵山

小镇驿桥外，溪山手足攀。
松岚遮古道，草径没荒关。
滴露惊红叶，流霜号白鹇。
凡身聊自乐，细雨带诗还。

过宣州宝胜禅寺 二首

其 一

秋色人间好，闲身入画微。
松风梳白发，叶露染红衣。
晴日穿云过，流光望眼飞。
禅家知有意，处处是生机。

其　二

宝胜古名刹，千年传一灯。
苔墙闲老蔓，竹栅筒粗缯。
志载青莲句①，法循黄檗绳②。
饮霞餐露③事，可与问山僧？

注释：①青莲句：李白曾题诗宝刹。②黄檗绳：宝胜禅寺始建于隋唐，素有禅宗“皖南第一古刹”之誉，系临济宗“黄檗祖师道场”。绳：准绳，喻法门义理仪轨。③饮霞餐露：即餐霞吸露。餐食日霞，吸饮沆瀣，指超尘脱俗的仙家生活。

游吴下千灯古镇

阔落平畴上，秋阳古道斜。
野村堪问宿，散木①不栖鸦。
杖竹观争鹜，穿篱指钓槎。
浮光携客影，追我亦追花。

注释：①散木：支离无用的树木。《庄子·人间世》：“散木也，以为舟则沉，以为棺椁则速腐，以为器则速毁，以为门户则液樠，以为柱则蠹。是不材之木也，无所可用，故能若是之寿。”后多喻全真养性不为世用之人。

重游雪窦山

又泛剡溪水，还惊雪窦危。
登云出岫慢，谒瀑入潭奇。
旧迹隐王许①，残编誉陆皮②。
何人乘夜月，共渡镜湖③湄④？

注释：①王许：东晋王羲之和许询，二人曾隐居四明剡溪，人皆仰慕。唐李白《送王屋山人魏万还王屋》："此中久延伫，入剡寻王许。"②陆皮：唐代诗人陆龟蒙和皮日休。二人曾因题和四明山而名动长安。③镜湖：今鉴湖。王羲之曾与道士行迹于此。李白《送贺宾客归越》："镜湖流水漾清波，狂客归舟逸兴多。山阴道士如相见，应写黄庭换白鹅。"④湄：水边。《诗经·秦风·蒹葭》："所谓伊人，在水之湄。"

游武昌宝通禅寺并登洪山宝塔

掠景洪山上，挐云宝顶端。
钟声幽市阙，塔影远江滩。
佛果修中得，人心法外看。
客来何所问，百念一时宽。

客宜昌

古地荆湘北，州城远帝京。

关门高峡立，天堑大江横。

怨女昭君美，迁臣屈子贞。①

人间从古是，亦晦亦光明。

注释：①怨女二句：王昭君与屈原故里皆在宜昌属地，故谓。迁臣：谪臣。

紫阳瓦房店水库览胜

结伴出城去，悬车①看紫阳。

低檐排瓦见，寂塔入云藏。

白鹤传声远，丹桥接岸长。

渔歌知古意，泛到水中央。

注释：①悬车：悬车束马，形容险阻。唐杜甫《提封》诗：“借问悬车守，何如俭德临。”

题关中草堂寺

秦岭圭峰下，关中井雾斜。①
姚秦崇佛早，罗什译经嘉。②
蓊郁碑前草，沧桑石上花。
兴衰何恚碍，依旧是僧家。

注释：①关中句："草堂烟雾"系关中八景之一，因寺内水井受地热常年散发雾气而得名。②姚秦二句：草堂寺原为后秦皇帝姚兴所建逍遥园，后迎接西域高僧鸠摩罗什居于此，苫草为堂，翻译佛经，故得名。

田园家居

正月初六春雨见晴

雨润八千里，云开十万山。
景光和稔岁，节气暖酡颜。
北苑梅将发，西塘水正闲。
东风不待命，自遣入秦关。

正月十三日长安雨夹雪

正贺春来到，忽迎西北风。
雪从灞上落，雨自节前逢。
怀璧闲愁里，垂纶醉梦中。
萍身难自主，不敢笑飞蓬。

元宵节与内子游归

上元皆贺瑞，连夕踏春行。
漱玉泉声好，吐芬花韵清。
烟灯方热闹，道路尚分明。
只有云和月，许看吾与卿。

与内子买花归来

城南花正好，漫许客人知。
拂叶观佳色，闻香颂异姿。
但催回驾早，唯恐入盆迟。
道是心头事，今春第一枝。

西仓早市偶得

独到西仓市，为看花与禽。
人多晨集满，岁久古坊深。
竹木匏革瓦，丝珠角石金。
俗家烟火事，件件度人心。

购得镂雕花鸟图樟木屏风喜呈内子

偶然西市得，星夜雇车还。
画意随初愿，天香霁素颜。
梅兰邀竹菊，凤鹤并鸥鹇。
梦里犹相见，浑称不一般。

居上林晴日偶得

晓日蒸蒸起，晴光入上林。
华云开霁色，野鹤送清音。
古寺藏身远，疏钟抱道深。
诗心犹自得，好句却难寻。

雨晴看牡丹

可怜春欲去，还谢洛阳城。[①]
急令姚黄艳，犹忧魏紫[②]惊。
留香风欲驻，恋蝶雨先晴。
国色天香里，牵衣踏月行。

注释：①还谢句：洛阳城以牡丹名天下，故谓。②姚黄、魏紫：均指牡丹。宋代洛阳两种名贵的牡丹品种，一出魏家，一出姚家，故谓。宋欧阳修《绿竹堂独饮》诗："姚黄魏紫开次第，不觉成恨俱零凋。"

端午节康峪采艾归来

康峪有佳艾，殷繁正好收。
山高云卧树，涧急鸟啼流。
妙语惊空谷，野花堆满头。
随尘归闹市，犹带月登楼。

五一劳动节宅事

自怜劳动节，亲炙在厨中。
刀乱案头菜，火焦匙底风。
妻嫌汤色杂，女厌辣油红。
操手今相易，岂能滋味同？

岁末老友忽访

序：李兄雪公退休数载，互念至深，岁末忽访，感而赋焉。

偶差青鸟①问，无事往来稀。
忽带新蒸食，还敲旧葺②扉。
数杯犹不厌，半句亦投机。
挥手临岐路，寒风未可依。

注释：①青鸟：传说中有三足的神鸟，人间不能相见者，唯靠青鸟传信。唐李商隐诗有“蓬山此去无多路，青鸟殷勤为探看”句。②葺：音 qì，原指用茅草覆盖房子，后泛指修理房屋。

寒假校园即景

一年寒欲尽，院寂客人稀。
水曲流苔底，鹅闲啄羽衣。
枯藤藏野趣，蜡蕊放生机。
梁上空巢在，欲教春燕归。

题赠酬和

重阳节致苦竹兄

西风惊野色，秋老又重阳。
潋滟池波碧，翻飞杏叶黄。
菊开和湛露[①]，雁叫动浮觞[②]。
笑问乌纱帽[③]，座前谁与将？

注释：①湛露：浓重的露水。屈原《楚辞·九章·悲回风》：“吸湛露之浮凉兮，漱凝霜之雰雰。”朱熹集注：“湛，厚也。”②浮觞：即浮杯，浮于流水上的酒杯，此处代指饮酒。宋苏辙《和毛国镇白云庄五咏》其二《平溪堂》：“盥手从今休汲井，浮觞取意便临流。”③乌纱帽：用晋孟嘉落帽典故，代指名士风雅。据《晋书·孟嘉传》载：桓温设宴待群僚，孟嘉因风吹纱帽落而不觉，依然风度翩翩，对众人嘲笑置之度外，四座皆叹服。

乙未冬霾后和苦竹兄

乌霾俄散去，仿佛见天门。
丽日穿明树，晴光照暖村。
车劳喧闹市，客倦息浮根①。
多少不如意，化为幽梦痕。

注释：①浮根：佛家语，泛指躯壳。佛家所谓浮根四尘，浮根指五官，四尘指色、香、味、触四尘。宋苏辙《初成遗老斋二首》其一：“久将生事累诸子，顿敛浮根付一真。”

冬月初九霾中和苦竹兄

枯枝辞故叶[①]，残柿坠寒鸦。
兴败皆无奈，彭殇自有涯。
闲吟苏子赋，独对赵州茶[②]。
不畏年时冷，隔霾看蜡花。

注释：①故叶：旧叶，败叶。②赵州茶：禅宗公案。据《五灯会元·赵州从谂禅师》载，唐高僧从谂师（赵州）问新到僧："曾到此间么?"曰："曾到。"师曰："吃茶去。"又问僧，僧曰："不曾到。"师曰："吃茶去。"后院主问曰："为甚么曾到也云吃茶去，不曾到也云吃茶去?"师召院主，主应诺。师曰："吃茶去。"

答辉辉

序：甲午春学伊始，辉辉传诗问候，乃步韵以答焉。

勉受杏坛[1]命，肘藏还捉襟。
南溟无引渡，北斗忘登临。
雨步参差到，春风正好吟。
还邀香积寺，共忆绕梁音。

注释：①杏坛：传为孔子讲学之处。《庄子·渔父》：“孔子游乎缁帷之林，休坐乎杏坛之上。弟子读书，孔子弦歌鼓琴。”后以杏坛指代教书育人之地。

秋雨骤降和苦竹兄

大雨滂沱后，晚晴秋气高。
流风凋露叶，外物染霜毫。
故念天边系，新词鬓上搔。
寒来知冷落，禅眼顾青袍。

课后再和苦竹兄

登台磨寸舌，下课挂长袍。
束发吟青竹，围炉煮白毫[1]。
当随命自顺，岂论位他高。
脑健合推易[2]，目明宜读骚[3]。

注释：①白毫：即白毫茶，原名白毛茶，中国名茶，产于广西西北部山区。②易：谓《周易》。③骚，谓《离骚》。

季秋送天沐兄远客瓜州

白雨潇潇后，不堪秋叶残。
渐霜侵古道，沉雾暗重峦。
递转蓬征处，迟归雁宿滩。
今宵谁续酒，共抵玉门寒？

议论杂感

园艺工人李师傅退休感赋

衰龄暗自来，岁月不堪催。
胼手春莳草，葛衣秋剪梅。
比肩霜上雪，安步雨中雷。
假汝三千岁，还来此一回？

江　湖

冷然波浪浅，何若暗流深。

放水能输利，翻沙可攫金。

悲歌易水筑，[1]绝响广陵琴。[2]

不断无根苦，焉生望岫心[3]？

注释：①悲歌句：《战国策·荆轲刺秦王》载：荆轲受燕太子丹托付，入秦刺秦王，“太子及宾客知其事者，皆白衣冠以送之。至易水上……高渐离击筑，荆轲和而歌，为变徵之声，士皆垂泪涕泣。又前而为歌曰：‘风萧萧兮易水寒，壮士一去兮不复还！’”②绝响句：《晋书·嵇康传》：“康将刑东市，太学生三千人请以为师，弗许。康顾视日影，索琴弹之，曰：‘……《广陵散》于今绝矣！’海内之士，莫不痛之。”③望岫心：望岫息心。遥望山峦巍峨而尘心平息。多指遁世隐居，亦喻知难而止。

梅　殇

序：戊戌大寒日，见野蛮施工者，尽斩数丛蜡梅，卅年经营之雅观从此绝矣，为悲。

欲报早春安，花开正烂漫。
离魂从骨丧，殒命自根残。
断梦投枯寂，遗香落大寒。
人情薄似纸，天老地荒难。

雨水无雨赋

序：丁酉二月廿二日，节交雨水，无雨，重度污染。为赋。

立春连雨水，节气自然来。
度日随缘过，营生勉力开。
防霾堪保命，守拙肯除埃。
雨水何时到，凭君放胆猜。

乙未国庆节骤寒

叶落西风紧，重衣更觉单。
云愁巡阵密，蛩怯出声寒。
我寿无千岁，何人不一般？
嚣尘奔竞处，未必是长安。

见小学生拖轮式书包（箱）感赋

忙忙求学路，重负日增来。
家长忧成绩，儿童畏讲台。
分班皆保密，择校不公开。
念念唯高考，何谈育楚才①？

注释：①楚才：即“楚材”，楚地的人才，泛指人才。唐骆宾王《幽絷书情通简知己》：“昔岁逢杨意，观光贵楚材。”

又观《初习》[1]感赋

顾念苍生远，年年访问深。
东南开眼界，西北拓胸襟。
不忘扶弘义[2]，更知怜寸阴。
文章千古事，字字见真心。

注释：①《初习》：陕西师范大学新闻系所办刊物。作者每年率大学生深入民间采访，并完成此刊，已廿年有奇矣。②弘义：大义；正道。《后汉书·荀彧传》："扶弘义以致英俊，大德也。"

九一八纪念日闻警报

警报冲霄汉，临风祭战袍。
家山曾陷落，国士尽鏖糟[1]。
老更知前鉴，生当耻默羔。
承平今日好，莫把白头搔。

注释：①鏖糟：拼命厮杀。《汉书·霍去病传》"鏖皋兰下"。颜师古注引西晋晋灼言："世俗谓尽死杀人为鏖糟。"

题故都楼市丑闻

组割悲楼市，腥闻①震帝京。
私单肥贾侩，官价瘦嫱氓②。
摇号人为蚁，删言帖作牲。
皆知非炒物，明日又营营。

注释：①腥闻：原指酒肉的腥味，引申为丑恶的名声，喻丑名远扬。②嫱氓：忠厚的民众。

戊戌秋闻某娱乐明星殒命

终是喧嚣散，烟尘与世浮。
凝脂夸乐国，傅粉秀高楼。
但顾一时笑，焉知百姓忧。
无常拿命去，从此不风流。

避霾赋

日日浮霾重，奈何斯物妖[①]？
嗔天仰面唾，[②]煮鹤抱琴烧。[③]
古有轮台诏[④]，今无陋巷瓢[⑤]。
贪奢弥世浊，孽债几时消？

注释：①物妖：怪异现象。②嗔天句：嗔，生气，怪罪；仰面唾天，唾沫还是落在自己的脸上，比喻损人害己。③煮鹤句：把琴当柴烧，把鹤煮了吃，比喻糟蹋美好事物。④轮台诏：借言高层统治者反躬自省。汉武帝一生，致力开拓西域，国力大损。至晚年深悔之，遂弃轮台之地，并下诏罪己，谓之“轮台诏”。事见《汉书·西域传赞》。⑤陋巷瓢：借言生活简朴，安贫乐道。语出《论语·雍也》：“一箪食，一瓢饮，在陋巷，人不堪其忧，回也不改其乐。”

霾居杂咏

南山无隐豹，丛木聚鸺鹠[①]。
正见闻无得，杂音驱不消。
徒崇巢父[②]树，愧羡许由[③]瓢。
幻梦凭谁诉，闲愁借酒浇。

注释：①鷦鹩：一种体小怕人之鸟。此鸟形微处卑，因用以比喻弱小者或易于自足者。《庄子·逍遥游》：“鷦鹩巢于深林，不过一枝”。②巢父：尧时隐贤，山居不营世利，年老以树为巢而寝其上，故时人号曰巢父。③许由：尧时隐贤。汉蔡邕《琴操·箕山操》：“许由者，古之贞固之士也。尧时为布衣，夏则巢居，冬则穴处，饥则仍山而食，渴则仍河而饮。无杯器，常以手捧水而饮之。人见其无器，以一瓢遗之。由操饮毕，以瓢挂树。风吹树动，历历有声，由以为烦扰，遂取捐之。”

无题二首

其　一

蚁界楼台阔，虱邦[①]池水深。
羊旗[②]飘万里，尺籍[③]累千寻[④]。
饭桶争装蒜，泥身比镀金。
茫茫尘海内，何处寄哀心？

注释：①蚁界、虱邦：喻指各种小“圈子”。此处化用《庄子》蛮触相争的典故。②羊旗：以羊头为旗，行卖狗肉之实。③尺籍：书写军功的簿籍。此处指代各种头衔名誉。《史记·张释之冯唐列传》：“夫士卒尽家人子，起田中从军，安知尺籍伍符。”司马贞索隐：“尺籍者，谓书其斩首之功于一尺之板。”④千寻，古以八尺为一寻。千寻，极言很高或很长。唐刘禹锡《西塞山怀古》诗："千寻铁索沉江底，一片降幡出石头。"

其　二

无题千万绪，念念在娑婆。
颜色羞勋饰，声音避网罗。
来风知有自①，卧树梦无何②。
雁影长虹外，江天倚碧波。

注释：①有自：有其来处，有其原因。典出《庄子·寓言》："有自也而可，有自也而不可。"陈鼓应注："有自也，有所由来，即有它的原因。"②无何：即无何有之乡，指空无所有的地方；多用以指空洞而虚幻的境界或梦境，也用于逍遥自得的状态。《庄子·逍遥游》："今子有大树，患其无用，何不树之于无何有之乡，广莫之野。"

世界读书日感赋

读书谋万卷，未及十之三。
得意因人誉，无知每自惭。
岂须闲橛笔①，不可忘蓍簪②。
天下风云事，还看北斗南③。

注释：①橛笔：谓秃笔。唐李绰《尚书故实》：“王僧虔，右军之孙也。齐高帝尝问曰：‘卿书与我书孰优？’对曰：‘臣书人臣第一，陛下书帝王第一。’帝不悦。后尝以橛笔书，恐为帝所忌故也。”②蓍簪：以蓍草做的簪子。后常用来比喻故物或故旧。亦喻“感故物”。③北斗南：北斗星以南。犹言海内。《新唐书·狄仁杰传》：“狄公之贤，北斗以南，一人而已。”

对　酌

何不说崖山①，只因开口难。
流冰春水冷，啼血子规寒。
苦酒浇千绪，乱麻求一端。
汉唐多少梦，犹在旧长安。

注释：①崖山：在今广东新会崖门，南宋于祥兴二年（1279）败于崖山，左丞相陆秀夫携少帝赵昺自崖山坠海而歿，宋亡，十万军民投海殉国。

七言律诗

岁时节庆

元旦二首

其　一

昼须劳作夜须眠，苍狗白云增一年。
丽日暄明山色美，阴霾散尽水光鲜。
壶中岁月怜东海，纸上风云戏北鸢。
欲问身心何处去，犹知隐约在当前。

其　二

一年方尽又开元，短信频传贺语喧。

纸上山河千卷绿，心中桃李万柯繁。

前尘缥缈何须了，往事微茫不复原。

寸寸光阴休自负，拾来牙慧献卮言①。

注释：①卮言：意为自然随意之言或支离无绪之言或随他人之妄言，后人常用于对自己著作的谦辞。语出《庄子·寓言》：“卮言日出，和以天倪。”卮，古代一种盛酒器。

感春二首

其　一

东移斗柄①渐阑珊，二月春风不足看。

雪化燕歌②关外苦，霾吞秦岭梦中寒。

青春文字千篇易，白首征程十里难。

淘尽人间名共利，何如一棹泊严滩③。

注释：①斗柄：指北斗七星之玉衡、开阳、摇光三星。《鹖冠子》：“斗柄东指，天下皆春；斗柄南指，天下皆夏；斗柄西指，天下皆秋；斗柄北指，天下皆冬。”②燕歌：战国时，燕太子丹命荆轲往刺秦王，至易水，轲慷慨作歌曰："风萧萧兮易水寒，壮士一去兮不复还。"后以"燕歌"泛指悲壮的燕地歌谣。又有乐府旧题《燕歌行》，《乐府广题》曰："燕，地名也。言良人从役于燕，而为此曲。"多写北方悲苦离别之情。③严滩：又称子陵滩。后汉严子陵隐居睦州，后人遂易州名为严州，谓其垂钓处曰严滩。唐岑参有"严滩一点舟中月，万里烟波也梦君"句。

其　二

丽日曛风度上林，护城官柳鸟啼深。

和欢舞曲迷人醉，应景霓虹待月沉。

强说繁荣陪颂酒，谨防料峭备重衾。

浮生尽爱春宵梦，隔世谁知望帝①心？

注释：①望帝：传说战国时蜀王杜宇号曰"望帝"，为蜀治水有功，后禅位臣子，退隐西山，死后化为杜鹃鸟，春夏季节彻夜啼鸣，啼声凄切，多用为悲思、怀乡、恤民的典故。

春　恩

去年腊蕊尚残存，燕子归来远近村。

丽日多情生暖树，和风无碍入寒门。

花开好应①年时景，雨过晴留水月痕。

自奉丹诚②歌胜日，长将此物报春恩。

注释：①应：应和，响应。《聊斋志异·促织》："每闻琴瑟之声，则应节而舞。"②丹诚：赤诚之心。唐刘长卿《送马秀才移家京洛便赴举》："剑共丹诚在，书随白发归。"

惊 蛰

百蛰翻苏[1]又一回，去年焰火已成灰。
柔声拔节出新草，裂瓣吐香惊落梅。
驿使烟尘犹遍报，宦游消息几相催。
春来天气正多事，不是风云便是雷。

注释：①翻苏：苏醒。

丁酉清明

雨伴清明夜浅眠，家园梦到枕头边。
旧容又笑衣添后，小字才呼影逝先。
一世恩缘唯保重，半生风雨自牵绵。
不知昨日分新火，兄弟几人烧纸钱？

伤　春

花开几日又销沉，解语春风何处寻？
桐叶流诗①怜洛北，沈园题壁②泣山阴。
晏家父子③悲无奈，野老文章④恨别心。
帝托杜鹃啼夜苦，几人知是爱春深？

注释：①桐叶流诗：用顾况桐叶题诗典。②沈园题壁：用陆游沈园题壁典。③晏家父子：宋晏殊、晏几道父子皆善作伤春词。④野老文章：杜甫自号少陵野老，其诗《春望》有“恨别鸟惊心”句。

送　春

昨夜枝头晓望空，堂皇风雨褪残红。
有心追梦蝶飞乱，无计留春燕语穷。
四季轮回寒暑内，百年生死有无中。
休教慷慨疏华发，一苇扁舟碧海东。

立　夏

谁许青春昨夜消，怎教钩月不无聊。
熏风①忽去花惊落，溽暑②初来蝶怕招。
夜短难堪莺婉转，天长可任竹逍遥。
拆绵池柳无头绪，争向炎埃折细腰。

注释：①熏风：和风，多指春风。②溽暑：暑湿之气，多指盛夏。溽，音rù。

端　午

藻绿榴红五月初，家家折艾作神符。
五花丝缕缠童臂，七彩香囊配玉姝。
角黍安魂投楚水，①龙舟竞技泛吴湖。②
千年故事犹相续，举世尽知哀大夫。

注释：①角黍句：角黍即粽子，又称“角粽”。传说每年端午节楚人投角粽入江，以安屈原之魂。②龙舟句：龙舟竞渡传为古吴越地方祭祀龙神的一种活动，延续至今。

乙未寒露

风披白露报深秋，雨戴彤云过扈楼[①]。
迷漫朝寒稠欲滞，氤氲暮气谧还柔。
糊涂往事梳眉过，寂寞余年转眼收。
若问英雄无畏老，还须放胆弄潮头。

注释：①扈楼：大楼。《墨子·备城门》：“若城场，皆为扈楼。”

吟　秋

秋声过耳雨涔涔，故叶纷飞付大阴[①]。
一派清明西颢[②]去，几番萧瑟北风临。
庄生梦蝶知非我，佛祖拈花觉是今。
生死无常由变数，怎教浮客[③]不伤心？

注释：①大阴：即大地。《庄子·徐无鬼》：“大一通之，大阴解之。”成玄英疏：“大阴，地也。”②西颢：指秋季。西方曰颢天，秋位在西，故称。唐刘禹锡《上门下裴相公启》：“授钺于西颢之半，策勋于北陆之初。”

③浮客：指漂泊之人。南朝宋鲍照《吴兴黄浦亭庾中郎别》诗："旅雁方南过，浮客未西归。"

晚 秋

西风金马虏秋残，入目关山次第寒。
雾脚茫茫莎色乱，霜声落落柿容丹。
夕阳垂地识舟近，碧幕临江放眼宽。
月出云开惊客晚，满天星斗又阑干[①]。

注释：①阑干：纵横错落。三国魏曹植《善哉行》："月没参横，北斗阑干。"

冬 至

数九寒中春信生，阴阳往复未持平。
合将艺圃天天养，莫使华灯夜夜明。
雾锁南山宜豹隐[①]，梅开北麓待诗成。
此间可有苍梧树，隔叶时传老凤声。

注释：①豹隐：汉刘向《列女传·陶答子妻》："南山有玄豹，雾雨七日而不下食者，何也？欲以泽其毛而成文章也，故藏而远害。犬彘不择食，以肥其身，坐而须死耳。"后以此喻爱身而隐居。杜甫《戏寄崔评事表侄苏五表弟韦大少府诸侄》有"隐豹深愁雨，潜龙故起云"句。

年　关

一日三餐绕尺椽①，偷添白发送流年。
空亡资格趋时尚，怕有书生问圣贤。
每对人情愁往后，肯翻诗稿忆从前。
粗吟浅唱无风度②，六谷穿肠不是仙。

注释：①尺椽：一尺长的屋椽，代指居所狭小。宋苏轼《与赵陈同过欧阳叔弼新治小斋戏作》有"尺椽亦何有，而我常客居"句。②风度：指魏晋风度，向以"简约云澹，超然绝俗"称。此处引以自嘲。

纪事感怀

正月初四雨水过秦岭

亦桥亦隧出秦川，时晦时明沐紫烟。
乱石深溪藏谷底，枯藤老树绕峰巅。
常惊世外千秋岁，偶喜当头一片天。
无限心思存不住，尽随新雨到新年。

正月初八四友城南小集

一夜春风到海圻，东君①又许换新衣。
屏前古韵依声唱，座上清烟供麈挥②。
染水皴山闲旧是，雕龙绣虎③远今非。
星推月出催人散，且带余醺④踏雪归。

注释：①东君：古称日神，屈原有《楚辞·九歌·东君》诗，朱熹《楚辞集注》云：“此日神也。”②麈挥：挥动麈尾。晋人盛清谈，每挥麈尾以为谈助。后称清谈为挥麈。麈，音 zhǔ，鹿的一种，其尾可做拂尘。③雕龙绣虎：刘向《别录》曰："驺衍之所言五德终始，天地广大，尽言天事，故曰'谈天'。驺奭修衍之文，饰若雕镂龙文，故曰'雕龙'。"《玉箱杂记》曰："曹植七步成章，号（按：号称）绣虎。"绣，谓其词华隽美；虎，谓其才气雄杰。后世以绣虎雕龙指代擅于诗文辞藻者。④醺：音 xūn，酒醉。唐白居易《醉后戏题》："今夜酒醺罗绮暖，被君融尽玉壶冰。"

旅中遇清明

雁归紫塞唱凉州，偏到清明雨带愁。
野外平沙风瑟瑟，羁中寒树鸟啾啾。
无从祖苑请新火，独自他乡食冷馐[1]。
来日此身何处寄，关河望断喟无谋。

注释：①冷馐：此处指冷食。馐本为羞，会意兼形声，从羊从丑。意为持羊进献，以供膳食。后代之以馐。

端午节雨中吊屈原

五月望归屈子魂，湘江苦雨落纷纷。

竹编①字字申②无那③，兰畹④株株立不群。

热泪洗枯千古恨，华章惊破九天云。

滔滔白浪空悲咽，阵阵萧骚⑤独吊君。

注释：①竹编：此指竹简，古人书写于竹，编竹成简。②申：陈述，申诉。③无那：犹无奈，无可奈何。唐王维《酬郭给事》诗："强欲从君无那老，将因卧病解朝衣。"④兰畹：《离骚》有"余既滋兰之九畹兮，又树蕙之百亩"句。⑤萧骚：风吹树木之声，喻为萧条凄凉之意。

访汶川悲灾民

泣立榛墟①冷雨中，期年灾后望悲鸿。

家园圮毁投身苦，骨肉分离觅影空。

长寄哀思寒瑟瑟，失收涕泪恨忡忡。

倩谁奉此无眠夜，换作生恩②梦里逢。

注释：①榛墟：荒墟。晋夏侯湛《秋可哀赋》：“雁擢翼于太清，燕蟠形乎榛墟。”②生恩：再生之恩。唐韩愈《贺赦表》：“生恩既及于四海，和气遂充于八纮。”

庚寅春玉树震灾祭

青海地摇摧玉树，遮天蔽日滞涔云①。
三千离魄归无路，十万哀鸿恸失群。
四海弟兄情切切，列邦元首意殷殷。②
雪餐露宿忧民命，③泣雨悲风度野坟。

注释：①涔云：含雨的浓云。《淮南子·览冥训》：“故山云草莽，水云鱼鳞，旱云烟火，涔云波水，各像其形类，所以感之。”②四海二句：庚寅春青海玉树地震，举国人民解囊相救，各国政要亦纷纷致电慰问，或以资助。③雪餐句：为营救数百罹难灾民，救援人员露宿残墟上，立食风雪中，其状甚感人。

乙未中秋无月与三寿兄共饮

案上梅瓶许桂枝，相邀唯恐应迟迟。
窗前老菊围青簟①，门外寒蛩闹碧墀②。
两个匹夫言国是，一庭幽竹笑霜髭③。
莫愁明月不相见，万里澄明会有时。

注释：①青簟：竹席，凉席。唐王维《林园即事寄舍弟紞》诗："青簟日何长，闲门昼方静。"②碧墀：指长满绿苔的台阶。③霜髭：指变白的胡须。宋苏轼《次韵僧潜见赠》："霜髭不剪儿童惊，公侯欲识不可得。"

携诸生赴晋北采风纪行

千里聚徒关外游，长车一夜到云州①。
河东文物②倾心记，塞外风光放眼收。
戈壁襟怀宽处好，长城风骨傲中愁。
狼烟往事成追忆，唯见黄河滚滚流。

注释：①云州：晋北大同一带古称云州，为燕云十六州之一。②文物：

概指文化遗存及风俗物产，非专指古董也。

大学毕业廿年同学聚会

飘蓬自振落天涯，二十年来各有家。
敷粉犹添诗意在，割须难掩鬓霜加。
相逢痛饮黄昏酒，对坐频煎白羽茶。
一曲劳歌①南北去，后期有约勿乖差②。

注释：①劳歌：惜别之歌。唐骆宾王《送吴七游蜀》：“劳歌徒欲奏，赠别竟无言。”②乖差：违异。《楚辞》王逸注：“君心乃乖差而不与我同，故遂屏弃而不见用也。”

奉为同学会猎石以捐母校

百里风尘被客裳①，残崖断壑浴浮凉②。
寻来怪石惊奇画，引得遐心③羡大方④。
奉鉴安知情切切，献芹⑤却愧鬓苍苍。
何言辛苦自酬酢，一日心思入酒肠。

注释：①客裳：谓行旅服装。唐刘长卿《移使鄂州次岘阳馆怀旧居》有“旧游成远道，此去更违乡。草露深山里，朝朝落客裳”句。②浮凉：轻微的凉气。唐皇甫冉《同裴少府安居寺对雨》：“溽暑销珍簟，浮凉入绮疏。”③遐心：远心，放逸不羁之心，亦指广阔的胸襟。清黄宗羲《蒋万为墓志铭》：“万为之文，御以遐心，主以理骨，俨然大家体裁也。”④大方：《庄子·秋水》：“今我睹子之难穷也，吾非至于子之门则殆矣，吾长见笑于大方之家。”此处谓大自然才是真正的大方之家。⑤献芹：谦言自己所赠物品鄙薄。三国魏嵇康《与山巨源绝交书》：“野人有快炙背而美芹子者，欲献之至尊，虽有区区之意，亦已疏矣。”

暴雨后作

序：丁酉仲夏，烈日高温，雷雨忽作，鸟兽为惧，草木为折，乃赋。

冲霄霹雳破安宁，暴雨倾来铁石惊。
热浪横行强断木，妖风狂作欲摧城。
枝残可待深根养，树老还从幼木生。
惯看风云多变化，回头又见一天晴。

与建兵兄聚别

已然懵懂到中龄，相见多将往事听。

有限迁流随世事，无常[①]烦恼付云萍[②]。

何妨浊酒掺清酒，竟似长亭复短亭。

只是骊歌[③]悲日短，一声珍重各伶俜[④]。

注释：①无常：佛家语，谓一切事物因缘生灭，没有恒常，故谓无常。②云萍：天上浮云和水上浮萍。喻聚散无常，漂泊无定。宋刘学箕《西江月》："茫如天水有云萍，聚散任他形影。"③骊歌：即古逸诗《骊驹》，系客人离别时所唱之歌。后泛指有关离别的诗歌或歌曲。李白《灞陵行送别》："正当今夕断肠处，骊歌愁绝不忍听。"④伶俜：孤独、流离。杜甫《宿府》："已忍伶俜十年事，强移栖息一枝安。"

雨夜读《庄子》

秋水茫茫过九垓[①]，谁人寂坐在高台？

是非如影追风去，得失随荣带辱来。

生死几宵空有待[②]，行藏何处更无灾？

虫蛙未必知冰海，[③]铁树昙花一样开。

注释：①九垓：中央至八极之内的广大土地。②有待：谓需要依赖一定的条件。庄子认为世俗生活都是不自由的，是有待的；而绝对的精神自由则是无待的。③虫蛙句：《庄子·秋水》曰：“井蛙不可以语于海者，拘于虚也；夏虫不可以语于冰者，笃于时也。”意为井蛙不可以语海，乃受空间的限制；夏虫不可以语冰，乃受时间的限制。借喻人的认识受实践水平的限制。

戊戌秋表侄来访

浮萍偶聚复飘游，岂顾青春不可留。
举座皆亲乡里话，倾杯频问故园秋。
当年唯记汝黄口，今夕相逢我白头。
可喜人才瓜瓞出，江河逐浪竞风流。

咏物兴寄

咏　春

芳菲四月尽人闻，拟得巫山一段云[①]。
方外琼香应沃若[②]，园中国色正陶欣[③]。

少年辞藻多随性，老客文章偶适分④。
只怕回眸春欲尽，忽怜孤雁自离群。

注释：①巫山一段云：唐教坊曲名，后用为词牌。宋柳永有《巫山一段云》五首，尽写神仙生活。亦形容女子美丽。②沃若：润泽貌。《诗经·卫风·氓》：“桑之未落，其叶沃若。”③陶欣：快乐欣喜。唐张祜《高闲上人》诗：“陶欣入社叟，生怯论经俦。”④适分：适应分际。南朝梁刘勰《文心雕龙·明诗》：“然诗有恒裁，思无定位，随性适分，鲜能通圆。”

咏石榴花

离根流落出边涯①，万里千山到汉家。
凝露芳心唯自染，含脂羞面尽人夸。
生随丛叶藏骄子，死入悬壶②去病痂。
报尽风流何所愿，年年许作送春花。

注释：①边涯：边际；边缘。石榴原产于巴尔干半岛至伊朗及其邻近地区，据《博物志》云：汉张骞出使西域，得涂林安石国榴种以归，故名安石榴。②悬壶：指行医。典出《后汉书·方术列传》：“市中有老翁卖药，悬一壶于肆头，及市罢，辄跳入壶中，市人莫之见……”石榴之花、果、皮皆可药用，故谓。

咏 桂

不拟彩云拟奇珍，也迷蟾兔也迷人。
恰逢明月来相伴，错谓嫦娥降作邻。
阵阵馨香停杖履，堆堆金粟醉宵晨。
流连忘返年年是，好个人间八月春。

云冈石窟

天惊龙脉地惊鸾，河岳登名①不一般。
万里长城秦汉塞，千寻立壁武周山。
云城云水依云岭，佛性佛心住佛颜。
几度兴衰关国运，沧桑岁月在人间。

注释：①登名：犹扬名。

蜡　梅

小园风色在枝冠，一树梅开出栅栏。
暗送清香从腊后，疏陈素影在春端。
玉颜无愧经霜冷，铁骨何曾畏雪残。
不共百花争国色，年年岁岁度深寒。

咏　雪

序：诗友命作春雪，禁用雪、玉、盐、花、絮、白、粉、银、晶、莹十字，奉如下：

腊月无闻正月惊，唯关造化不关情。
探春未果山藏色，觅食无方鸟息声。
四海茫茫空画语，九天洒洒满诗城。
窗前寒柏翠应在，可带素心入梦清？

长安春雪

忻蹈[1]长安飞色白，飘飘洒洒自呈才。
临风玉阙横姿立，抱树琼花别样开。
妙水深溪和雪出，寒梅幽谷唤春来。
偶然一念无尘垢，便是人间好镜台。

注释：①忻蹈：欢欣舞蹈。

舌 赋

序：乙未春，舌疾数日不愈，感而赋之。

言不由衷食不安，只缘三寸[1]顶头残。
囊锥脱颖成名士，[2]邦客连横作相官。[3]
梦老英雄封万户[4]，谋空俗子羡三端[5]。
百年涉事知甘苦，还把刚柔[6]等量观。

注释：①三寸：指舌。②囊锥句：《史记·平原君列传》载：秦军围赵，平原君往楚国求救，门下食客毛遂自荐随往，以囊锥脱颖自喻，遂以为上客。③邦客句：《史记·张仪列传》载：张仪被疑盗楚相之璧，遭掠笞数百后问妻曰："视吾舌尚在不?"其妻笑曰："舌在也。"仪曰："足矣。"后张仪为秦国客卿，以三寸之舌说服各诸侯国"连横"亲秦，终挂秦国相印。邦客：战国时秦国称客居在秦的别国之人。④万户：万户侯。汉代侯爵最高级别，食邑万户以上，号称"万户侯"，后以万户侯泛指高官贵爵。⑤三端：指文士之笔锋，武士之剑锋，辩士之舌锋。《韩诗外传》卷七："是以君子避三端，避文士之笔端，避武士之锋端，避辩士之舌端。"⑥刚柔：古人以齿喻刚，以舌喻柔。《高士传·商容》："商容，不知何许人也，有疾。老子曰：'先生无遗教以告弟子乎?'容曰：'吾舌存乎?'曰：'存。'曰：'吾齿存乎?'曰：'亡。''知之乎?'老子曰：'非谓其刚亡而弱存乎?'容曰：'嘻！天下事尽矣。'"

游览即景

登黄山

天下奇山第一宗，仙人炼玉化成龙。

云腾春夏秋冬海，日照东西南北峰。

拂月巉崖①飞怪石，凌烟绝壁挂奇松。

偏宜②许我三千岁，踏遍兹山十万重。

注释：①巉崖：音 chán yá，高耸险峻的山崖。《西游记》第一回："重重谷壑芝兰绕，处处巉崖苔藓生。"②偏宜：最宜；特别合适。前蜀李珣《浣溪沙》词："入夏偏宜澹薄妆，越罗衣褪郁金黄。"

大散关

崇山峻岭阻飞鸾，鬼斧神工辟险关。
争战百回伤累累，①铸盘千载锈斑斑。②
从来豹旅③侵羸国④，多少铁蹄蹂故山。
魏主金宗⑤今不在，风吹往事白云间。

注释：①争战句：史载大散关曾发生战役近百次。②铸盘句：大散关古属关中畿内的"散国"。因矢、散二国边界相连，矢国屡犯散国边界，后在周王朝的调解下，双方议和，矢人以田地为赔偿，并发誓永不毁约，散人鉴于矢人平日行为，仍怕毁约，于是铸盘刻铭，以作永证，是为散氏盘，又名矢人盘。散氏盘今藏于中国台北故宫博物院。③豹旅：虎豹之师。④羸国：弱国。⑤魏主：三国时魏主曹操。曾经大散关西征汉中。金宗：宋金时金太宗完颜晟。宋建炎四年，金太宗派兵西犯，宋将吴玠、吴璘兄弟于此关聚兵反击，奋战三十余次，勇退金兵。

剑门关

蜀相设关[①]临险垣，倚天双剑镇川阍[②]。
鸣雷沟壑堪吞虎，过眼云峰欲夺魂。
绝壁容身凭鸟径[③]，断崖渡命谢天恩。
安知蜀道惊天下[④]，第一雄关是剑门。

注释：①蜀相设关：据载，剑门关最早为三国蜀相诸葛亮依崖垒石而设，为历代兵家必争之军事要塞。②阍：音 hūn，门。③鸟径：鸟道。喻指险绝的山间小径。唐杜荀鹤《游茅山》诗："步步入山门，仙家鸟径分。"④蜀道惊天下：唐李白诗"蜀道之难，难于上青天""一夫当关，万夫莫开"（《蜀道难》）描写剑门关诗语惊天下。

武威游赋

凉州[①]八月正秋平，多少征人自此行。
罗什佛音[②]开慧路，雷台[③]文物树威名。
穿云天马惊飞燕[④]，跨漠胡风怯汉营。
铁骨丹心何处觅，古来凭诉是长城。

注释：①凉州：武威古称凉州。②罗什佛音：武威市城北大街有罗什寺，系鸠摩罗什驻锡译经处，现存旧塔一座，为葬舌之塔。建于后凉，唐、明、清时皆有修葺。鸠摩罗什佛学造诣深厚，曾经道流西域，名播诸国。③雷台：位于武威城区北关中路。④天马惊飞燕：武威雷台汉墓曾出土稀世珍宝“马踏飞燕”，被定为中国旅游标志，举世闻名。陕西师范大学杨恩成先生命之为“天马行空”，以为燕飞于空却在马下，正说明是天马，郭沫若所命“马踏飞燕”，实则破坏了美感。

游齐鲁杂感

从来骁勇步金鼙①，多少英才鄙杖藜②。

天下儒生皆奉鲁，人间义士半归齐。

目空沧海知天远，足遍泰山疑梦低。

只是寸阴输尺璧，③怎教霜鬓证鸿泥④？

注释：①鼙：音 pí，鼓也，军中以施号令。②杖藜：音 lí，《庄子·让王》："子贡……往见原宪。原宪华冠纵履，杖藜而应门。子贡……逡巡而有愧色。"此以"杖藜"指称隐居或贫居。③只是句：寸阴，指极短之时间；璧，宝玉。寸阴尺璧指一寸光阴比一尺的璧玉更为珍贵。典出西汉刘安《淮南子·原道训》："故圣人不贵尺之璧而重寸之阴，时难得而易失也。"此句以讽今人重物质轻光阴也。④鸿泥：鸿雁留于雪泥上的足印，喻指往事踪迹。

九嵕山唐昭陵①堪舆②有作

迢迢雄脉舞翩跹，虎踞龙盘望九天。

玉带③缠绵泾接渭，明堂④吐纳水生烟。

英雄一怒惊胡马，伟业千秋暗铁鞭。

生死寻常随幻影，江山递代赋新篇。

注释：①唐昭陵：即唐太宗李世民陵墓。系关中“唐十八陵”中规模最大者，位于陕西省礼泉县九嵕山上。②堪舆：《淮南子》许慎注：“堪，天道也；舆，地道也。”因以“堪舆”指称天地。后世民间风水术以“堪舆”专称“风水”。堪指“地突”，即为高处；舆指“承舆”，即为下处。故“堪舆”亦指相地。③玉带：风水术语，指环绕陵墓周围的水系。④明堂：风水术语，指陵墓前的开阔地。

四川锦江看雨

天府九衢通四隅，奇山秀水接云舻①。
华阳②古国烟消远，西蜀新都③鼎立殊。
帝胄屯兵图践汉，武侯饮马欲吞吴。
尘封往事休追忆，秋雨声中煮一壶。

注释：①云舻：指连绵不断的船队。南朝宋鲍照《从临海王上荆初发新渚》诗：“云舻掩江汜，千里被连旌。”舻，音 lú。②华阳：古地名，疑是古蜀国属地，东晋常璩著有《华阳国志》。③西蜀新都：指三国时蜀都，即今成都。

雨中谒成都杜甫草堂

几多甘苦几多狂，①几个知音共苇航？②
舜日尧天宣大义，③民胞物与荐悲肠。④
湘江碧浪讴忠骨，⑤蜀巷青松荫草堂。
细雨秋风连古道，子规声里沐遗芳。

注释：①几多句：杜诗《狂夫》曰："欲填沟壑唯疏放，自笑狂夫老更狂"。②几个句：杜诗《南征》曰："百年歌自苦，未见有知音"；又《乐游园歌》有"独立苍茫自咏诗"句。苇航：用芦苇捆作小舟航行。《诗经·卫风·河广》："谁谓河广？一苇杭（航）之。谁谓宋远？跂予望之。"后佛经亦有达摩一苇渡江的故事。③舜日句：杜诗《奉赠韦左丞丈二十二韵》有"致君尧舜上，再使风俗淳"句。④民胞句：民胞物与，出自宋张载《西铭》"民吾同胞，物吾与也"。意为爱人类与一切物类。论者谓杜甫有"民胞物与"情怀。⑤湘江句：杜甫晚年流离漂泊，终没于湘江。

统万城

赫连勃勃①故城头，塞上遗存第一流。
大夏控弦②惊鸷鸟③，高隅蔽日慑貔貅④。
劈刀策马三千里，裂土分疆几十州？
统万雄心⑤今不见，徒横断壁漠中愁。

注释：①赫连勃勃：匈奴铁弗部人，东晋时北方五胡十六国之大夏国（又称赫连夏）建立者。407年，自立为天王，大单于，定都统万城（今陕西靖边北），国号夏；418年，攻取长安，在灞上（今陕西蓝田县）称帝；425年，死于帝位。②控弦：拉弓，持弓；借指士兵。北魏杨炫之《洛阳伽蓝记·永宁寺》："部落之民，控弦十万。"③鸷鸟：猛禽。属雕、鹗之类，食肉，见于北方沙漠草原地带。④貔貅：传说中的猛兽，民间视为辟邪招财之神物。古人因貔貅凶猛威武，亦比喻骁勇的军队。⑤统万雄心：赫连勃勃尝言："朕方统一天下，君临万邦，可以统万为名。"

绥德怀古

曾经烽火万兜鍪，[①]多少铁蹄过此州。
北战南征常进退，东来西往几筹谋。
忠勤夺命将军墓，[②]耿直亡身太子丘。[③]
无定河边千古恨，怎教士子不添愁？

注释：①曾经句：绥德素为交通要塞，旧誉“旱码头”，历代多战事。兜鍪：通“兜牟”，古代战士戴的头盔，代指士兵。②忠勤句：秦大将蒙恬，曾率兵30万与监军扶苏驻守上郡（治绥德），修直道、筑长城，逐匈奴，忠勤功高。秦始皇暴卒后，被假诏赐死。葬于城西无定河畔。③耿直句：秦始皇长子扶苏耿直敢谏，素有贤名。曾反对焚书坑儒等劣政，触怒始皇，贬至上郡监蒙恬军，协蒙恬修长城、御匈奴，后遭谋害，葬于绥德无定河畔，与蒙恬墓隔河相望。

江南游别

新旅江南客异乡，乐晴乐雨乐彷徨。
幽村古镇笛声远，碧水小桥花影长。
南市晓烟凝石坞，北山夕月落鱼塘。
别期忽至终须别，梦里家山叶叶黄。

国庆节登秦岭有作

节日登高望九州，遥看举国贺金瓯①。

山中十色皴千树，崖上一瞻舒百忧。

岭海滔滔随势起，云河滚滚借风流。

归来迟暮山门寂，夜半望天猜斗牛。

注释：①金瓯：古金属器皿，后世以之比喻疆土完固。

与大方智库同仁游清水园见树上花环

平湖细雨踏春游，三月风光正好收。

当粉杏花香结密，新黄梅萼色含柔。

抽芽寒柳垂孤岸，待客闲湾泊并舟。

猜是佳人睡未足，空将心事挂枝头。

中元节客红安将军县有作

放步中南骋目游，黄麻[1]腹地谒山邱[2]。
十方子弟红旗在，二百将军壮志酬。
也仗新闻知世界，空凭往事断春秋。
推窗欲叹风尘晚，忽见平波倒水[3]流。

注释：①黄麻：黄安（今红安）和麻城的并称，曾爆发黄麻起义。②山邱：山丘。亦指坟墓。宋曾巩《南轩》诗：“圣贤虽山丘，相望心或庶。”③倒水：红安境内有倒水河，据《水经注》记载：倒水于圻山五水中称西归水，流至李集下……通称倒水。

南昌游感

粤户闽庭吴楚门，近来皆说汉侯昏[1]。
繁华已并风烟去，故事且由文物存。
漂泊幸能依弊杖，往来何必羡金樽。
九台高阁[2]谁曾见，满眼秋风扫叶痕？

注释：①汉侯：此指汉海昏侯。近年江西南昌掘得西汉大墓，于 2016 年确为汉海昏侯废帝刘贺墓，因其等级规模、保存完好以及万余件（套）珍贵文物而广为热议。②九台高阁：此处指滕王阁。

游阿尔卑斯山

远来异国觅佳山，阿尔卑斯独爱怜。

邈邈英姿连海域，皑皑玉色入云天。

万重积雪周围顾，四季风光两手牵。

梦里相邀犹可见，天涯处处共婵娟。

威尼斯游感

岛上孤城四百桥，朝朝暮暮见新潮。

黄肤褐发音声闹，北旅南商货品饶。

水巷流舟忙渡客，码头献舞竞逍遥。

云开月出又深夜，一路何人咏寂寥？

罗浮宫[①]游感

泰西宫阙此雄魁，异域行瞻眼界开。
塞纳河边奇入画，德农馆[②]里妙登台。
十方文物凝神望，万国奇珍费劲猜。
雾里看花迷拙眼，人间故事任心裁！

注释：①罗浮宫：位于巴黎市中心的塞纳河北岸，法国旧王宫，今为博物馆。②德农馆：罗浮宫三大展馆之一，馆藏巨甚，罗浮宫三宝（古希腊雕塑《维纳斯》，古罗马雕塑《胜利女神》，意大利文艺复兴时期绘画《蒙娜丽莎》）皆在其内。

观柬埔寨国洞里萨湖越人船居

举家漂泊堕边氛，逐水而居为败军。
病骨常年听命运，卑身苦夜饲鹪蚊。
生无及岸立锥地，死殓随时没水坟。
但恨世间公正少，来生勿入弃人群。

田园家居

五一劳动节批阅毕业论文偶占

密密麻麻字字匀，眼花强借酒提神。
咬牙紧贴深痕笔，打嚏连抽乱纸巾。
愁处偏思天外事，醒时忌扰梦中人。
稍舒筋骨楼台上，入目风光尽是春。

秋晨闻蝉鸣

梦醒渐因晨榻凉，浮阳犹自暖寒螀[①]。
繁花怎奈春光短，衰鬓哪堪秋水长。
妄议嵇康歌酒赋[②]，空嗟王勃睇霞庄[③]。
效收碧露[④]陶盘上，与尔同分一日光。

注释：①寒螀：寒蝉。螀，音 jiāng。②酒赋：嵇康著有《酒赋》。③睇霞庄：王勃《七夕赋》："结遥情于汉陌，飞永睇于霞庄。"霞庄，指云汉，银河。引为仙人所行之路。④碧露：绿叶上的露水。古人认为蝉餐风饮露，多以譬喻高洁。

夏夜独酌

独坐亭台望昊空，冥思无际待闳通①。
滔滔云逐杯中月，阵阵蝉鸣叶底风。
朗曜②青天朝夕变，超遥③碧海古今同。
犹歌一曲长相忆，付与玉楼明月中。

注释：①闳通：豁达。宋曾巩《上欧阳学士第一书》："宜取奇伟闳通之士，使趋理不避荣辱利害。"②朗曜：即朗耀，光明闪耀。明宋濂《赠定岩上人入东序》："利锋相触，雨雹为之交驰；疑网既祛，星月为之朗耀。"③超遥：遥远。三国魏阮籍《清思赋》："超遥茫渺，不能究其所在。"

大暑寄迪儿

大暑燎蒸畏火枷，伏天烈日可熔沙。
趋凉执铲偶莳竹，避暑开轩独点茶。
绿绮[1]空声疏小簟，红牙[2]无语羡浮瓜。
闲将旧扇题新句，待女归来看舜花[3]。

注释：①绿绮：汉司马相如之琴名，后以“绿绮”泛指琴。唐李白《听蜀僧浚弹琴》：“蜀僧抱绿绮，西下峨眉峰。”②红牙：即红牙板，乐器名。檀木制的拍板，用以调节乐曲的节拍。宋俞文豹《吹剑续录》载：（苏）东坡在玉堂，有幕士善讴，因问：“我词比柳词何如？”对曰：“柳郎中词，只好十七、八女孩儿，执红牙拍板，唱‘杨柳岸晓风残月’。学士词，须关西大汉，执铁板，唱‘大江东去’。”公为之绝倒。③舜花：即木槿花。

赠迪儿

序：小女迪儿中学毕业在即，校方为办成人礼，因赋而书之，并作礼品以馈之。

最喜楚才新长成，从今翰苑共争鸣。
千重碧落能浮翮，九曲沧浪可濯缨。
偶遇霜雰违鼓步[①]，何防书画契调筝。
待看日出云开后，收拾风光一片明。

注释：①鼓步：迈着大步。《太平广记》引唐无名氏《广古今五行记·李婴》：“遥见山下有人长三丈许，鼓步而来。”

月下共饮

自带新茶向月光，徐风过耳入疏篁。
坐陪老树听天籁，仰望流云化羽裳[①]。
偶说尘间[②]一枕梦[③]，频贪杯底几分香。
还邀明日同车去，共汲崖间碧水长。

注释：①羽裳：以鸟羽为衣，取其神仙飞翔之意也。明何景明《七述》：“左骖双龙右两螭，羽裳翩翻垂白蜺。”②尘间：即人间。明刘基《题美人书红叶图》诗：“无人解识诗中意，天上尘间总是愁。”③一枕梦：兼指黄粱梦。据唐沈既济《枕中记》载：卢生……遇道者吕翁，生言下甚自叹困穷，翁乃取囊中枕授之。曰：“子枕吾枕，当令子荣适如志！”时主人方蒸黍，生俛首就之，梦入枕中，遂至其家，数月，娶清河崔氏女为妻，女容甚丽，生资愈厚，生大悦！于是旋举进士，累官舍人，迁节度使，大破戎虏，为相十余年，子五人皆仕宦，孙十余人，其姻媾皆天下望族，年逾八十而卒。及醒，蒸黍尚未熟。怪曰："岂其梦寐耶?"翁谓生曰："人生之适，亦如是矣!"生抚然良久，稽首拜谢而去。后多以黄粱一梦喻虚幻不实之欲，犹如一梦。

南山秋望

南山欲雨气氤氲，直似云娥故弄颦①。
兀自奇峰藏髻顶，悠然野鹭戏沙滨。
青门②淡淡烟梳柳，紫陌③匆匆车卷尘。
一日营生谁算定，往来过客许逡巡④。

注释：①弄颦：故作愁容以媚人。颦，音 pín，皱眉。明徐渭《遮叶牡丹》诗："为君小写洛阳春，叶叶遮眉巧弄颦。"②青门：汉长安城东南门，因其门色青，俗呼"青门"。据《三辅黄图》载，广陵人召平为故秦东陵侯，秦破，为布衣，种瓜青门外。后以青门代指退隐之处。三国魏阮籍《咏怀》其八诗："昔闻东陵瓜，近在青门外。"③紫陌：古称京城郊外的道路为紫陌。唐刘禹锡《元和十一年自朗州召至京戏赠看花诸君子》有"紫陌红尘拂面来，无人不道看花回"句。④逡巡：音 qūn xún，因有所顾虑而徘徊或退却。

冬日初雪随笔

叠雪纷纷落故州[①]，万家烟火一时收。
应声断树惊乌鹊，无赖寒风入玉楼。
郑綮[②]寻梅思邈邈，袁安[③]卧雪事悠悠。
何人奏笛寒窗外，遥系闲情路尽头。

注释：①故州：故乡。明何景明《塘上行》："客游在万里，日夕望故州。"②郑綮：字蕴武，唐宰相，文学家。宋孙光宪《北梦琐言》卷七："或曰：'相国（指郑綮）近有新诗否?'对曰：'诗思在灞桥风雪中驴子上，此处何以得之?'"③袁安：字邵公，东汉高士。据唐李贤注《后汉书·袁安传》引晋周斐《汝南先贤传》载：时大雪积地丈余，洛阳令身出案行，见人家皆除雪出，有乞食者。至袁安门，无有行路。谓安已死，令人除雪入户，见安僵卧。问何以不出。安曰："大雪人皆饿，不宜干人。"令以为贤，举为孝廉。

冬日见门前落雀有吟

众鸟投林尔独闲，悠然做客我门前。
应知陇上争风翮[①]，莫识人间逐俸钱。
搏浪百层由跃鲤，拏云[②]万里任飞鸢。
三千世界只身小，自有逍遥一片天。

注释：①翮：音 hé，入声，鸟翼。西晋左思《咏史》诗其八：“习习笼中鸟，举翮触四隅。落落穷巷士，抱影守空庐。”②拏云：犹凌云。唐李贺《致酒行》：“少年心事当拏云，谁念幽寒坐呜呃。”一本作“拿云”。

雪中吟

秦川一夜雪漫漫，往日枯容入眼宽。
寒鸟巢空因食尽，哀狐行厄落身单。
千金鼎肉[①]何言少，几舍牛衣[②]不畏寒？
生似鸿毛轻比雪，耻将容易自求安。

注释：①鼎肉：鼎烹之肉，代指豪门奢靡之物。②牛衣：供牛御寒用的披盖物。《汉书·王章传》载：王章为诸生学于长安，生病无被，躺在牛衣中，向妻涕泣诀别。后用“牛衣”谓夫妻共守贫穷，或寒士贫居困厄凄凉之态。

望　雪

昨夜广寒云未开，纷纷簌簌玉仙来。
高低琼岳连千陌，上下絮花漫九垓①。
不见无痕飞影出，难将有字妙书裁。
俗身唯羡迎春雪，洗尽人间万里埃。

注释：①九垓：中央至八极之地，即指边际极远之地。垓，音 gāi。

冬至与诸友燕聚

至日极阴阳又生，年年度到旧皇城。
新朋老友排无序，逸事奇闻诉有声。
满席皆衔豪士梦，①千杯难尽故人情。
半醒半醉扶墙去，辞却一天星月明。

注释：①满席句：衔梦，怀梦。宋陈造《念衰》诗："急景驱秋著髭鬓，归鸿衔梦下江湖。"

快雪时晴

瞬间疑讶梦通明，仿佛游身在昊京[①]。
倏尔满天风叠絮，快哉一地玉连城。
匆匆现象应无法，渐渐消形若有声。
万物风流同领取，何须比论短长生？

注释：①昊京：此指天界或仙境。

备 年

新年气息到人家，柴米油盐醋酱茶。
村巷市街除旧貌，蓬门绣户[①]换新纱。
高声戏曲开风俗，湿墨楹联叙物华。
未等迎春花满地，池边蜀柳[②]已抽芽。

注释：①蓬门绣户：蓬门指贫苦人家；绣户指富庶人家。唐杜甫《客至》："花径不曾缘客扫，蓬门今始为君开。"清李渔《闲情偶寄·声容·治服》："既不详绣户而略衡门，亦不私贫家而遗富室。"②蜀柳：杨柳。《南史》载刘悛之为益州刺史，献蜀柳数株，"条甚长，状若丝缕"，齐武帝命植太昌云和殿前，谓之"风流可爱"。

题赠酬和

允为友人治印，迁延日久乃成，因戏题焉

昨日允言今日非，惯常俗务总多违。

四时忙碌篆虫少，两地奔波相石稀。

浊眼昏花聊可看，钝刀滞涩不经挥。

忽来兴致刊灯下，拙字强颜①任取讥。

注释：①强颜：厚颜。汉司马迁《报任少卿书》："及以至是，言不辱者，所谓强颜耳，曷足贵乎？"

暑期复苦竹兄

小暑炎炎大暑承，无精打采废诗兴。
缠身冗细公门事，扰目通明夜市灯。
梦抱北溟千束浪，神衔南极万年冰。
欲将闲事养心事，了却烦忧总不能。

告别港澳普通话暑期培训班学员

千里学游来古都，辨音正字唾成珠①。
肯听故事惊皇国②，不畏娇肤对炽炉。
共语同文三地有，前非后是一时无。
从今作别偶追忆，自奉骊歌向玉壶。

注释：①唾成珠：即咳唾成珠。比喻言谈精当，议论高明或文辞优美。东汉赵壹《刺世疾邪赋》："势家多所宜，咳唾自成珠。"②皇国：传说中的三皇时代。隋王通《中说·问易》："强国战兵，霸国战智，王国战义，帝国战德，皇国战无为。"又，《说文解字》曰："皇，大也。"

乙未春独过上元节吟和苦竹兄

竟日孤单自遣排，批风抹月出幽斋。
心思浩渺无头绪，雨雪飘零满市街。
却见纱灯新气象，又闻歌曲旧词牌。
银花火树牵人爱，一路春风释隐怀[①]。

注释：①隐怀：隐衷，内心的想法。

秋日登延安宝塔山兼和苦竹兄

同样光阴别样裁，我登嘉岭[①]你登台。
附崖丹字苍茫在，绕木秋英聚散开。
滚滚长河随日去，翩翩飞雁御风来。
星移斗转底何事，命理玄机最费猜。

注释：①嘉岭：宝塔山古称嘉岭山，宋范仲淹有题名。

长安校区秋吟和苦竹兄

独在长安学馆西，忽闻佳作破痴迷。
昆明湖[1]畔红千树，太古陵[2]边绿半溪。
且把秋声枝上挂，宜将暮霭水中栖。
可怜日落秋山远，不见星光月自低。

注释：①昆明湖：陕西师范大学长安校区内有池，名昆明湖。②太古陵：陕西师范大学长安校区邻一古陵，陵南有滈河。

忙中和苦竹兄

步步营生总有涯，微名薄利累身家。
临渊始觉襟前冷，回首方知背后嘉。
伴雨孤桐堪缀句，凌霜野菊好煎茶。
不知明日谁随意，坐看流云到日斜。

忆游长沙并还夫子诗债

云梦风光正九秋，楚天浪漫一帆收。
风吹碧浪洞庭水，鹤舞白沙橘子洲。
怀玉含英悲屈贾，改天换地誉毛刘。①
风骚百代云烟过，知是湘江第几流？

注释：①怀玉二句：屈（原）贾（谊）毛（泽东）刘（少奇）皆长沙古今风云人物。

伏日燕聚①赋赠天沐兄

翛然一聚掷千金，入伏始知天沐心。
十孔②悲幽如泣泪，七弦曼妙欲推襟③。
右丞三叠随声唱，白石八归④和调吟。
芥子浮生唯苦短，何须个个是知音。

注释：①燕聚：相聚宴饮。②十孔：指埙；七弦：指琴。③推襟：比喻坦诚以待。《南史·张充传》："所可通梦交魂，推襟送抱者，唯丈人而已。"

④八归：宋姜夔（白石道人）所制词牌。

教师节步苦竹兄韵

秋雨绵绵合续麻①，杏坛处处可餐霞②。

闲翻贝叶③除他念，独占书城省自家④。

梦里常听山外雨，壶中犹煮火前茶⑤。

携来昨夜红泥缶，共与妻儿插桂花。

注释：①续麻："顶真续麻"的简称，古诗、词、曲中多用的一种修辞格式，要求以前句末字作为后句首字递接而续。亦在酒令游戏中常用。元关汉卿《金线池》第三折："诗句里包笼着尾声，续麻道字针针顶。"②餐霞：餐食云霞，代指修仙学道。《汉书·司马相如传下》："呼吸沆瀣兮餐朝霞。"③贝叶：指贝叶经，就是写在贝树叶子上的佛家经文，源于古印度。此处代指经书。④省自家：省，音 xǐng，检查。《论语·学而》："吾日三省吾身。"自家，自己。⑤火前茶：指寒食节禁火以前采制的新茶，意同明前茶。唐韩偓有"数盏绿醅桑落酒，一瓯香沫火前茶"句。

酬天沐兄重阳客敦煌

秋风夙夜到敦煌，雨落祁连白草长。

朔漠寒衣惊戍鼓[①]，塞云孤雁断诗肠。

几杯荡漾入新梦，一夕漂流到故乡。

霜鬓更怜乌帽落[②]，还来高处就重阳。

注释：①戍鼓：古边防军鼓，今代之以为军号。明周浈《赛小孤庙》：“浑浑聚商舶，渊渊闻戍鼓。”②乌帽落，用晋孟嘉落帽典故，代指名士风雅。据《晋书·孟嘉传》载：桓温设宴待群僚，孟嘉因风吹帽落而不觉，依然风度翩翩，对众人之嘲置之度外，四座皆叹服。

瘦石兄暮春自昆仑过长安一聚

牧云山舍鹊频鸣，引得西来瘦石声。

欲接风尘花万里，已延星斗夜三更。

诗吟玉脉[①]夸青海，墨染春风拜古城。

指尽画中称意处，任由窗外月澄明。

注释：①玉脉：喻指昆仑山。

议论杂感

自题二首

其　一

青春逝到壮年初，开府①门前未结庐。
意趣有分唯自适，文章无用与时疏。
天生傲骨轻浮世，自纵痴情嗜故书。
偶放闲身归岭海，云天水月见真如。

注释：①开府：古时高官（如三公、大将军、将军等）成立府署并选置僚属谓开府。此处指代官府。

其　二

半百光阴纸上耕，坊间浮事怕经营。
人情冷暖今多变，世态沧桑老倍更①。
莫负初心堪自在，何随末俗②扰清平。
时风季雨随他去，竹杖芒鞋护我行。

注释：①更：经历。如“少（shào）不更事”。②末俗：谓末世或末流的习俗。亦谓世俗平庸之人。宋王安石《杨刘》诗：“末俗忌讳繁，此理宁复在?”

年终总结并和苦竹兄

昏昏噩噩到年终，亦懒亦勤半百翁。
唯愿樽前称老杜①，可怜吴下效阿蒙②。
文章发表无门道，业绩评估有异同。
最怕朋僚偷验问，今年榜上几标功?

注释：①老杜：指唐代诗人杜甫。②吴下效阿蒙：用三国吴将吕蒙事典，常用以喻学识浅薄者，受到激励后，笃志就学，终有所获。语出《三国志·吴书·吕蒙传》裴松之注：“初权谓蒙及蒋钦曰：‘卿今并当涂掌事，宜学问以自开益。’……蒙始就学，笃志不倦……后鲁肃曰：‘吾谓大弟但有武略耳，至于今者，学识英博，非复吴下阿蒙。’”

节日自酌

节日偶来谈束脩①，光阴荏苒惜蜉蝣②。
华名易属相毛马③，美誉难沾孺子牛④。
盆里昙花开半夜，崖间老树立千秋。
难逃世网问杯影，可有江湖寄梦舟?

注释：①束脩：脩，干肉。束脩：十条干肉。旧时进见之礼，亦是古代入学敬师的礼物。《论语·述而》：“子曰：‘自行束脩以上，吾未尝无诲焉。’”今指教师的酬金。②蜉蝣：漂亮而短命的昆虫。毛亨《毛诗故训传》：“蜉蝣……朝生夕死，犹有羽翼以自修饰。”③相毛马：典自成语“以毛相马。”谓依据毛色判断马的优劣，比喻从表面上看问题，往往与实际不符。汉桓宽《盐铁论·利议》：“故以言举人，若以毛相马，此其所以多不称举。”④孺子牛：典出《左传·哀公六年》，原指父母对子女的过分疼爱。后喻指甘于无私奉献的人。

又见沙尘天气感赋

霾去沙来风卷帘，一年四季治咽炎。
鬼城①空自时谋乱，净土污由欲海淹。
食品难安惊破胆，交通梗滞断愁髯。
余身尚在疑天命，世事无常不可占。

注释：①鬼城：近年各地冒建商品楼，因空置过多而夜黑惧人，被呼为“鬼城”。该现象已在全国多地蔓延。

连日雾霾感赋

积雾凝霾马虎天，迷蒙无辨且酣眠。
尘寰旷邈思无尽，世事纷飞看不穿。
鸠鹊终归栖异树，鱼龙毕竟入同渊。①
唯将梦想归晴日，放得豪光照大千。

注释：①鸠鹊二句：两句并言乱象丛生。鸠占鹊巢，强者横行也；鱼龙混杂，良莠不分也，皆是乱象。

初冬连日雾霾感怀

风转雾来秋木凋，往回生死路千条。
森森杀气寒天物，滚滚狂霾暗海潮。
败叶堆前不见树，昏灯背后误当宵。
闭门惫喘①疑非梦，犹自逻杯②遣寂寥。

注释：①惫喘：疲惫而喘息。宋孔平仲《越州飞来山》诗：“悲号与惫喘，洒汗成流川。”②逻杯：谓一杯接一杯。明李日华《南西厢记·金兰判袂》："请吾兄宝马先旋，待愚弟逻杯相饯。"

冬至霾中酒后作

年年冬至焐红炉，一岁不堪一岁殊。
雾里生机唯苦度，霾中世态最难图。
飙车炫富趋风有，雅道端行学样无。
逐腐贪奢何漏尽[①]，不知灌顶有醍醐[②]。

注释：①漏尽：佛家语。漏，乃流失、漏泄之意，即为烦恼之异名。漏尽，即断尽种种烦恼。②灌顶有醍醐：用纯酥油浇到头上。佛家指灌输智慧，使人彻底觉悟。比喻听了高明的意见使人受到很大启发。也形容清凉舒适。唐顾况《行路难》："岂知灌顶有醍醐，能使清凉头不热。"

甲午腊月持续雾霾有作

浓霾浊雾漫天涯，杜口遮眉避恶沙。
迷障总因阿堵物[①]，生机唯见蜡梅花。
青丝挠断悲民愤，绿蚁[②]倾干别酒家。
醉里不知何处去，凭空问责到官衙。

注释：①阿堵物：犹言“这个东西”，常指代钱。南朝宋刘义庆《世说新语·规箴》：“王夷甫雅尚玄远，常嫉其妇贪浊，口未尝言钱字。妇欲试之，令婢以钱绕床不得行。夷甫晨起，见钱阂行，呼婢曰：‘举却阿堵物。’”后遂以“阿堵物”指钱。②绿蚁：过去酿酒时泛起的泡沫，细如蚁，称为“绿蚁”，后用以代指新出的酒。唐白居易《问刘十九》：“绿蚁新醅酒，红泥小火炉。晚来天欲雪，能饮一杯无?”

甲午腊月霾日感赋

跋扈晦霾凌散阳①，周旋衰木恨严霜。
寒鸦瑟瑟因巢漏，腐鼠营营为食忙。
呜咽凄风悲草树，飘摇大厦梦康庄。②
不堪岁晚添愁绪，独到城东访蜡黄。

注释：①散阳：谓冬季外散之阳气。②飘摇句：谓城市楼高路狭，车堵人慌，乃梦康庄。康庄：即康庄之衢。谓宽阔平坦的道路。唐杜甫《入衡州》：“元恶迷是似，聚谋泄康庄。”

匹夫忧

序：戊戌冬，中美商战，高层领袖和谈之际，美加两国扣押华为高管，舆论为之哗然，因有作。

鼎食①豆羹②同一餐，两邦元首正言欢。

案前敛袂③斯文假，背后开枪举世寒。

击鼓传诗惊戍客，提鞭秣马指楼兰。

也从梦逞匹夫勇，不见长城总不安。

注释：①鼎食：用鼎盛着的各种珍贵食品，旧指权贵的豪奢排场。此处喻大事。②豆羹：用豆器盛着的羹食。此处喻小事。③敛袂：整饬衣袖。行礼拜揖的准备动作。

赴陕北龙安村石料场访问采石工人

霜雨初停矿路寒，铁锤已落石头残。

薄田俱付他人种，漏屋全凭己手安。

一岁辛劳一岁苦，几家惆怅几家欢。

欲知百姓心头事，莫向霓虹灯上看。

咏怀三首

其　一

身世差堪[①]葛履霜[②]，蹉跎半百旧年光。
曾惊李白生花笔，也慕庄周梦蝶床。
意趣酣时千字少，文章真处寸心长。
书中黑白知今古，皮里春秋[③]鉴在亡[④]。

注释：①差堪：勉强可以承担。②葛履霜：即葛屦履霜，冬天穿着夏天才穿的葛绳编制的鞋。比喻生活贫俭。《诗经·魏风·葛屦》："纠纠葛屦，可以履霜？"③皮里春秋：指藏在心里不说出来的言论。皮里指内心；春秋指孔子所编的史书《春秋》。《红楼梦〈咏蟹诗〉》："眼前道路无经纬，皮里春秋空黑黄。"④在亡：即存亡。唐柳宗元《酬韶州裴曹长使君寄道州吕八大使因以见示二十韵》有"在亡均寂寞，零落间惸鳏"句。

其　二

大千世界大包荒[①]，岂必穷年觅稻粱。
俗事何妨轻毁誉，浮生哪料作彭殇[②]？
一蓑烟雨酬身老，四季丹青傲孔方。
意态开张谁契会[③]，文章圈点自清狂[④]。

注释：①包荒：本指包容量大。可引为度量宽洪，能容忍。唐李白《雪谗诗赠友人》：“立言补过，庶存不朽；包荒匿瑕，蓄此顽丑。”②彭殇：彭，指彭祖，古传说中的长寿者。殇，即夭折，指未成年而死者。典出《庄子·齐物论》。晋王羲之《兰亭序》：“固知一死生为虚诞，齐彭殇为妄作。”③契会：领悟，领会。唐惠能《坛经·机缘品》：“（怀）让豁然契会，遂执侍左右一十五载。”④清狂：清狂非轻狂；不狂似狂者，谓清狂。亦谓痴情。唐李商隐《无题》：“直道相思了无益，未妨惆怅是清狂。”

其　三

偶望时新莫可凭，虚吟短句对长灯。
临碑每欲访三老[①]，读史犹悲佚八棱[②]。
笑自染埃成俗客，惊他行脚做云僧。
漫将茶语解禅语，滋味品尝知几层？

注释：①三老：指汉《三老碑》，今存浙江西泠印社。②八棱：指唐《石堡战楼颂碑》。因其形八棱，故又谓《八棱碑》。清宣统元年（1909）流失海外，今存芝加哥菲尔德自然历史博物馆。

五言绝句

岁时节庆

立春贴

雪消寒欲尽，莺燕舞江春。

段段梅香[①]里，徘徊解语人。

注释：①段段梅香：典自宋人卢梅坡《咏梅》名句：“梅须逊雪三分白，雪却输梅一段香。”

春　闲

无俦颜氏帖，有味赵州茶。
偶醉不成寐，提灯夜看花。

倒春寒　二首

其　一

春暖又春寒，身心两不安。
不论桃与李，杖竹雪中看。

其　二

春树竞开梨，花香鸟更啼。
阴晴朝夕变，冷暖作云泥①。

注释：①云泥：天上的云和地上的泥，高下悬殊，差别极大。唐钱起《离居夜雨奉寄李京兆》："寂寞想章台，始叹云泥隔。"

春愁二首

其　一

昨夜杏花开，东风逐瓣裁。
春愁关不住，独向雨中来。

其　二

常愁芳岁[①]短，怯向酒缠绵。
闻说梅花落，扶藜灞水边。

注释：①芳岁：芳春，喻指盛年。宋王安石《露坐》：“芳岁老易晚，良宵闲独多。”

观秋二首

其　一

雨借秋风劲，人观落叶愁。
情知时令短，不敢对霜头。

其　二

阵雁南飞去，横云向日昏。

秋风无落处，来扰叶归根。

白　露

白露才凝结，谁人识草忧？

鸣蛩知别意，唧唧到床头。

八月初八见桂花

迎年且送日，又到仲秋时。

桂子金风①里，醉香还醉诗。

注释：①金风：秋风。晋张协《杂诗十首》其三：“金风扇素节，丹霞启阴期。”李善注：“西方为秋而主金，故秋风曰金风也。”

中　秋

八月中秋至，一年最好时。
宜将此消息，报与桂花知。

中秋觅月不果

未得云中月，犹怜桂子香。
蛩声秋草里，可解故人肠？

秋分蝉去

秋蝉无信息，一夜故声违。
昨日高吟去，超然不复归。

寒　露

北方秋露早，落日报归人。
袅袅炊烟下，团团灯火亲。

乙未霜降

烟郊飞野鹜，霜叶扫青苔。
染树秋风里，临江菊独开。

霜降骤冷夜咏

霜降从天冷，秋冬一瞬殊。
薄衾冰似铁，能抵夜寒无？

纪事感怀

与毕业生饮别

四载师生别，离愁付一餐。
临杯不敢醉，恐误少年观。

重　逢

话头皆老幼，事业偶谈新。
两鬓惊霜色，何由夜恼人？

夏夜月下共饮

才贪绿蚁[①]尽，又恋紫泥香。
树上争鸣者，来分一月光。

注释：①绿蚁：过去酿酒时泛起的泡沫，细如蚁，称为“绿蚁”，后用以代指新出的酒。唐白居易《问刘十九》：“绿蚁新醅酒，红泥小火炉。晚来天欲雪，能饮一杯无?”

观温室热带海鱼有感

不是池中物，何由入浅塘?

此生难自主，唯与梦同乡。

冬夜月下

瑟缩寒冬夜，万家灯火明。

无人来赏月，独自数星行。

望　归

序：偶遇怀中兄弟路口候女归来，戏为题焉。

儿童不放学，乃父别书帏①。

望断斜阳路，阿谁报女归？

注释：①书帏：即书斋。唐杜甫《雨四首》其二：“高轩当滟滪，润色静书帏。”

悼红柯兄二首

其　一

落拓书生梦，红尘走一场。

文章诚可爱，何计寿夭长？

其　二

痛饮天山酒，横披胡马风。

归魂何处去，绝漠万柯红。

周末旧书摊购书咏归二首

其　一

埋头翻故纸，不觉鬓霜侵。

此状凭谁诉，个中滋味深。

其　二

开市同开戒，购书如购心。

囊中物散尽，道是遇知音。

咏物兴寄

咏　日

无量照千古，弹丸行太空。

高悬何寂寞，大化入虚冲①。

注释：①虚冲：静虚淡泊。《道德经》："道冲，而用之或不盈。"虚冲指道守虚空而无为，无为而无不为也。晋张华《壮士篇》："壮士怀愤激，安能守虚冲。"

咏　春

自怜春意好，浮事挂云间。

肯向青旗①下，沽来半日闲。

注释：①青旗：指酒旗。清查慎行《清苑道中》："青旗卖酒竿竿影，红袖骑驴幅幅纱。"

春　雪

千里联翩落，元无点点埃。
明知不是梦，却似梦中来。

落　絮

随风舞烂漫，才落又飞扬，
究竟分离去，何妨一日狂。

早　梅

半夜偷乘雪，浮香暗度来。
报春消息早，独有一枝开。

孤　梅

风雨任阴晴，百花休与争。

孤芳湔[1]雪洁，傲骨沐风清。

注释：①湔，音 jiān，洗涤。宋秦观《九月八日夜大风雨寄王定国》："湔洗此情须痛饮，明朝试就酒中仙。"

秋夜蛩鸣

啾啾鸣砌下，阵阵闹人家。

欲拜中秋月，先来颂桂花。

渭水钓鱼台

十年观北斗，钩饵挂磻溪[1]。

道略维方极[2]，一戎[3]天下禔[4]。

注释：①磻溪：姜太公垂钓处，在今陕西宝鸡境内。《韩诗外传》：“太公望……钓于磻溪。”②方极：四方疆土。秦李斯《芝罘立石》：“烹灭强暴，振救黔首，周定方极。”③一戎：《礼记·中庸》：“武王……一戎衣而有天下。”郑玄注：“戎，兵也。……一用兵伐殷也。”④禔：福安也，音 tí，《周易》曰：“禔既平。”

游览即景

青龙寺看樱花

料得樱花意，争开为惜春。
看花怕花折，自是爱花人。

访终南茅舍

茅舍远郊圻，客来鸡犬稀。
主人寻不见，细雨奏柴扉。

婺源古村落即景四首

其一　晓起村

野径通幽巷，板桥牵竹篱。

菊香招蝶戏，树老受藤欺。

其二　汪口镇

水映秋山静，烟笼古镇深。

晓鸡啼浣女，琬琰[①]代金簪。

注释：①琬琰：泛指美玉，亦喻品德之美。屈原《楚辞·远游》：“吸飞泉之微液兮，怀琬琰之华英。”此处指浣女头上的白色簪花。

其三　思溪延村

深巷藏高第，粉墙浮绿苔。

谁家碑碣断，铺到路边来。

其四　李坑

溪流吴楚韵，桥锁皖南风。

心往天衢室[1]，神游古画中。

注释：①衢室：传为唐尧征询民意的地方。《管子·桓公问》："黄帝立明台之议者，上观于贤也；尧有衢室之问者，下听于人也。"

清华镇宋代廊桥

一虹飞两岸，千载渡清波。

风雨无牵挂，光阴任水磨。

武　汉

黄鹤飞来去，[1]两江天地间。

东湖点点雨，醉煞珞珈山。

注释：①黄鹤句：用黄鹤楼事典。

西昌客遇暴雨二首

其　一

暴雨连天落，邛都①滞客愁。
既无超脱计，且任此心游。

其　二

雨断归乡路，砻江夜急流。
浮人②多怅意，自缚作诗囚。

注释：①邛都：西昌古称邛都。②浮人：漂泊之人。李白《赠范金卿二首》其二："浮人少荡析，爱客多逢迎。"

皖南灵山古村二首

其　一

寄身篱舍内，鸡犬偶相闻。
隔岸听流水，扶窗看卧云。

其　二

蝶墙迷老蔓，丹柿暖霜枝。

醉意三秋树，闲情一夜诗。

游别呈坎古村

诗情雨巷伞，画意雾山松。

不忍离程①起，频频驻旅踪。

注释：①离程：离去的路程。唐罗邺《早发》：“一点灯残鲁酒醒，已携孤剑事离程。”

过云岭

云岭①疑云在，江南一叶哀。

是非真假相，自古任人裁。

注释：①云岭：皖南泾县云岭，被称为“新四军摇篮”。1941 年“皖南事变”发生于此，周恩来曾题诗：“千古奇冤，江南一叶；同室操戈，相煎何急。”

田园家居

花前小酌

料峭正春寒，人间二月天。

东风贪力①处，小院酌花前。

注释：①贪力：即贪功。

腊八清供

腊祭先贤日，佛陀开悟时。

凡夫无七宝，唯有几行诗。

南山即事二首

其　一

独坐半山亭，漫观百仞青。

哦吟三两句，还待露蝉①听。

其　二

雨落觅无源，风来自有根。
闲闲[2]花上蝶，恋恋到黄昏。

注释：①露蝉：古人谓蝉“栖高树”“饮清露”，多以高洁目之，故称露蝉。②闲闲：悠闲从容貌。《诗经·魏风·十亩之间》：“十亩之间兮，桑者闲闲兮。”唐鲍溶《寄张十七校书李仁行秀才》：“去年八月此佳辰，池上闲闲四五人。”

山　居

看景四时异，吟诗每不同。
箫吹池柳下，棋对夕阳中。

听　雪

霏霏苍宇下，寂寂自然中。
何日心头事，一如听雪空？

题赠酬和

乙未中秋寄狮国张教授

独作他乡客，携谁共试瓯？

中秋环宇内，狮国[1]月圆不？

注释：①狮国：即新加坡。新加坡在马来语中意为“狮子城”。

丙申清明寄狮国张教授

羁身云海外，异国度清明。

梦断南洋雁，未闻归去声。

闻秋声和郜城王某

细雨裹金风，皴山万点红。

秋声不识趣，来扰白头翁。

中秋无月兼和天沐兄

无趣风和雨，尽教男女嗔。
偏偏遮素月，不许照良人。

题牧云山房赤壁夜游图

绝壁通天岸，长江万古流。
孤舟何处去，雪夜到瀛洲①。

注释：①瀛洲：传说中的东海仙山。《列子·汤问》“渤海之东……有五山焉，一曰岱舆，二曰员峤，三曰方壶，四曰瀛洲，五曰蓬莱。”

小寒寄天沐兄

岁末往来迟，问君何欲之？
看梅初雪后，酌酒小寒时。

议论杂感

论诗二首

其　一

诗非大白话，品味不须猜。
一切真情性，尽从凡俗来。

其　二

推敲须可意，字字见精神。
故作惊天语，已然望下尘。

无题三首

其　一

蹑履江湖老，等闲霜发新。
芸芸名利客，生死一微尘。

其　二

蛱蝶迷春梦，芙蕖立浊泥。
天涯龙鹤舞，蜗角水云栖。

其　三

酒老酕醄①醉，茶闲侘傺②酣。
糊涂七八九，明白一二三。

注释：①酕醄：音 máo táo，大醉貌。唐姚合《闲居遣怀十首》其六："遇酒酕醄饮，逢花烂漫看。"②侘傺：音 chà chì，神情恍惚、怅然失意貌。屈原《离骚》："忳郁邑余侘傺兮，吾独穷困乎此时也。"侘，古同"诧"，亦有自夸之意。

吟诗自题

吟诗图自乐，增趣亦添愁。
尝出深滋味，情甘到白头。

七言绝句

岁时节庆

新年初见迎春花

陌上澌澌雪化迟，百虫尚在梦深时。
东风暗送消息早，抢得春来头一枝。

元　日

元日晨钟奏凯声，蜡梅花发鸟啼晴。
报春消息频频到，流水光阴寸寸明。

新　年

无才岁月自春秋，只顾年年赚白头。
看我割须携丽日，呼云唤鹤万山游。

人　日

七日岁初春正寒，漂游赤子拜峨冠①。
皆知世上功名好，岂料人间父母难。

注释：①峨冠：亦作“峩冠”，高帽子。宋陆游《群儿》：“古来富贵人，峨冠登庙堂。”

春日二首

其　一

柳恋春风蝶恋花，新泥燕子认前家。
田头红杏才开放，城里女儿争换纱。

其　二

东坡西陇菜花黄，低舞高飞燕子忙。
偏有客愁春易老，偷闲半日到茶坊。

端　午

当年名士迹寻难，往事惊心楚水寒。
醉里何人忧国是，此情独向艾枝繁。

中秋问月

茫茫宇内一微轮，聊受他光见应身①。
不解人间悲喜事，盈亏何必误红尘？

注释：①应身：佛教语，指随宜显现的化身。

秋　夜

潇潇秋雨渡头船，渺渺长河日暮天。
抖落征尘又一夜，新诗吟罢不成眠。

晚　秋

独自衔杯对叶黄，秋风未解打头霜。
花魂叶魄知何去，莫是①游归九曲肠。

注释：①莫是：或许是。唐窦常《奉寄辰州房使君郎中》诗："何妨密旨先符竹，莫是除书误姓名。"

寒露二首

其　一

倏来寒露袭人家，屋外夕阳山外斜。
断字惊鸿归又去，西风一夜老萍花。

其　二

雾色苍茫寒暮笳，杀秋消息漫天涯。
犹怜宿鸟栖深树，未肯随阳弃落花。

纪事感怀

梅山看梅

见得梅花几度开，一山接着一山来。
明年此处何人在，迎面东风任意猜。

春夜城南小酌

分茶递酒计杯量，谈古论今兴味长。
偶望流云争逐月，参差皆是好文章。

答迪儿

序：是年秋，游于蜀，小女迪儿寄问阿父何物携归？此复焉。

锦官城外尽芳菲，姹紫嫣红沐雨肥。
恨不天生如意手，横收满目碧山归。

送迪儿

小女十三初远行，爷娘送别语嘤嘤。
不知弱骨能经事，一夜相思到日明。

乡　河

序：辛卯秋，举家返妻乡，阔别四十载，妻多感慨，乃为赋：

白云苍狗去悠悠，漱石小桥望水流。

望断离肠望断梦，杳无笑影照孤舟。

接胞弟来信纪怀

千里来鸿寄短笺，几回梦里到从前。

佯拴竹马才相易，还就田头赛纸鸢[①]。

注释：①纸鸢：风筝。鸢，音 yuān，鸟，属鹰科。纸鸢即用纸或绢做成的鹰，是早期的风筝造型。

雨中闻马尔克斯[①]离世

百年生死唯孤独，雨落急流花落渚[②]。

天各一方今日去，几人从此读君书？

注释：①马尔克斯：南美哥伦比亚人，魔幻现实主义文学代表作家，曾获诺贝尔文学奖，代表作有《百年孤独》。②渚：音 zhū，水聚集也。唐薛能《秋雨》："有形皆霢霂，无地不污潴。"

悼林清玄先生

幸好别离当月圆，[1]文章悲喜望清玄[2]。
须留暖意怜尘梦，归去来兮是少年。[3]

注释：①幸好句：林清玄遗作有散文集《人生幸好有别离》；又，林先生于腊月十八日往生，时月尚圆。②清玄：亦作"青玄"，指天空。唐刘禹锡《有獭吟》："有獭得嘉鱼，自谓天见怜。先祭不敢食，捧鳞望青玄。"此句双关。③归去句：林清玄代表作有散文精选集《愿你，归来仍是少年》。

与护萌二兄小酌

恍若三秋未举觞，还将浊酒灌衷肠。
强睁醉眼诛浮世，不许霸王遮太阳。

醉 归

祖腹归来酒正醺，浑然[1]犹自论奇文。

挺身不语当门者，又是前宵抱节君[2]。

注释：①浑然：糊涂不分明貌。东汉赵壹《刺世疾邪赋》："浑然同惑，孰温孰凉？邪夫显进，直士幽藏。"②抱节君，竹子的雅称。因劲直有节而称。宋苏轼《和文与可洋川园池三十首·此君庵》诗："寄语庵前抱节君，与君到处合相亲。"

咏物兴寄

长安春雪

最喜长安春雪来，飘飘洒洒落瑶台。

化身润物终归土，侠骨柔情不用猜。

春 雨

转眼集成烟雨乡，平居未觉乱飞扬。
帘前絮落寻犹见，竹上流痕已数行。

早春雨霁

故城新雨沐春芽，未着绿装先着花。
枝上依依并翼鸟，声声暖意送人家。

牡丹吟

国色无双赋自天，一花堪比百花妍。
多愁只为青春短，寂寞从今又一年。

咏　蝉

餐风饮露未成仙，独爱洁身高处眠。
报得人间秋意早，自鸣得意自凄然。

咏　竹

生来有节自高标，傲骨虚怀总寂寥。
不共蓬蒿悲冷雪，拨云指日任翛翛[①]。

注释：①翛翛：音 xiāo xiāo，无拘无束貌。

咏　笔

千军齐向管城[①]收，陋巷[②]喜闻豪主[③]忧。
不损春秋偏损己，生来只为字低头。

注释：①管城：笔管之雅称，因以“管城子”“管城侯”代指毛笔。唐韩愈《毛颖传》：“毛颖者，中山人也，号曰管城子，累拜中书令，呼为中书君。”②陋巷：简陋的街巷，百姓居所。《论语·雍也》：“贤哉，回也！一箪食，一瓢饮，在陋巷，人不堪其忧，回也不改其乐。”③豪主：暴君。犹称暴恶之人。晋陶潜《咏荆轲》：“图穷事自至，豪主正怔营。”

黄　河

滔滔万里若天河，日夜奔流曲折多。
裹挟光阴滚滚去，犹将白浪号长歌。

残　梅

故园荒径雨霏霏，绕树残芬寂寞归。
为报明年君一顾，余香化作紫泥肥。

霾中吟

茫茫北国入霾深，朗韵一时无处寻。
泥雨洗天天不见，挖空双耳候佳音。

题岗山摩崖大字石经拓片

护佛藏经字字佳，[①]迎年送月在摩崖。
风烟往事知多少，莫把云龙作井蛙。[②]

注释：①护佛句：北魏太武帝、北周武帝皆灭佛，“佛教衰败变质、将临灭亡”，因有信众刊佛刻经于山崖石窟，以期长久保存，故谓。②莫把句：谓云端之龙，井底之蛙，地位高下相差极大。此处比喻重视或漠视文化遗存具有天壤之别。

题石佛造像拓片

法相庄严在俗家，谁人纸上拓袈裟？
参禅境界知何是，等眼齐观[①]石墨花。

注释：①等眼齐观：同等看待。明陈子龙《偕熊令君伯甘游乌伤云黄山》诗：“和弦愧同调，击壤庶齐观。”

游览即景

雨中登泾阳崇文塔

步步攀缘塔几重，随兴放眼望葱茏。
不知泾渭分明处，可在蒙蒙烟雨中？

登永泰古城[1]墙

汉武遗戈洪武墙，几番铁马镇西疆。
依风不识千年事，落日城头数白羊。

注释：①永泰古城：位于甘肃省景泰县寿鹿山南麓，明万历年间建成，系明清时期军事要塞。

游清泰陵

王陵气象弗寻常，指点当年皇四郎。
铁舌难裁功与过，不如放眼看风光。

青海日月山

远嫁强为战鼓休，唐蕃道上丽人[1]愁。
贞观往事风烟灭，唯有泪河[2]长倒流。

注释：①丽人：指唐文成公主。唐太宗为和解藏汉关系，嫁文成公主于吐蕃松赞干布。②泪河：日月山下有河自东向西流入青海湖，故名倒淌河。传说文成公主赴藏途中经日月山，回望长安，但见一片苍凉，乃落泪成河，倒流不归。

游香积寺[1]

悠悠滈潏水流长，古刹钟声动武皇。
海国盛观今不是，何期金马扰禅房？

注释：①香积寺：位于滈潏两河交汇处，唐时高宗和武则天曾来此礼佛，并“倾海国之名珍”“舍河宫之密宝”，以赐香积寺。

登湘西南长城

密密层层筑石墙，依山傍水作苗疆。
分民裂族治天下，气度不如秦始皇。[1]

注释：①气度句：南长城系明清王朝为巩固统治，筑墙屯兵，分割而治，把湘西苗疆南北隔离起来，规定“苗不出境，汉不入峒”，禁止苗汉贸易和文化交往的历史产物，故谓。

皖南古宏村[1]

巧构精雕筑卧牛，柔肠曲圳映层楼。
婻娟山水饶人去，旖旎风光伴月[2]留。

注释：①宏村：号为“牛形村”，系明人依“牛富风贵”的风水理论而建。中有天然泉窟，扩为月形池沼，以为“牛胃”，又引九曲十弯之水圳，以为“牛肠”，致使千家流水，处处通畅，堪称村落建筑一绝。②伴月：宏村中心半圆形池，名月沼、月塘等，文人多以伴月双关。

游苏州老城

故郡平江秋日长，吴侬软语满荷塘。
游人不肯离船去，碧水虹桥最挂肠。

贺兰山北望

贺兰山外广无涯，入眼苍茫尽是沙。

千里平浮[1]罗日下，牧人不见奏胡笳。

注释：①平浮：平展空蒙貌。

冬日陇右行吟

西北长风啸九天，逶迤雪岭自蹁跹。

黄河骇浪吞寒日，塞上白沙惊大千。

红碱淖[1]

出塞明珠漠上浮，几多寥落几多愁？

黄沙未蚀离人泪，留作清波待燕鸥。

注释：①红碱淖：位于陕蒙交界处，为陕西最大内陆湖，中国最大沙漠淡水湖。“淖”，蒙古族语，是水泊、湖泊之意。据传王昭君当年远嫁匈奴，至此下马回望，见乡关阻隔，伤心落泪，七日而成湖，号为“昭君泪”。

访天一阁

迤逦行游到月湖，闻名岸上一吾庐①。
往来多是烟尘客，只看楼台不看书。

注释：①一吾庐：天一阁建成前范钦的藏书楼，范钦字尧卿，号东明，故题书室为“东明草堂”，又称“一吾庐”。

田园家居

惊　梅

初开小蕾赖风催，香气惊闻是蜡梅。
偷折一枝怕人笑，暗藏袖内带春回。

上林新居初春见雪

一夜无声雪报春，冰清玉洁自精神。
何来不染新天地，漫许儿童塑玉人？

沙尘天观内子拂尘

六根欲净倩谁裁，昨日洒除今又来。
明镜纵能日日洗，心头岂不着浮埃？

西园伤春

西园昨夜雨潜声，扰梦枝头雀递鸣。
千树梨花强落尽，为伤风日总无情。

霾日闲吟

乌霾弥漫到天涯，叵测[1]烦丝乱作麻。
落叶无声偷过耳，引来一瞥海棠花。

注释：①叵测：不可测。

霾中观诸童拾叶

金黄满树坠纷纷，稚子拈来看不真。
未觉由身[1]投世网，已随乱叶染红尘。

注释：①由身：任凭自己。宋叶适《请推耿住水陆院》："说似随缘耿长老，这回住院且由身。"

大风过后登银杏坡有作

眼前风物又悬殊，昨夜缀枝今看无。
莫恨霜风行肃令，满坡银果奉翁姑。

冬末看鸭

陇头递减北风摧，江野残寒正妒梅。
浮鸭犹知水未暖，双双嘎嘎唤春回。

误炊娘子

娘子误炊为读诗，偶随夫婿措新词。
日升三丈愧锅冷，笑取宿粮聊救饥。

周末晨起偶作

日出东方惬燕莺，楼头残月尚分明。
慢调宿墨才提笔，转唤孩儿弄古筝。

题赠酬和

寄邀王居士

序：己丑春，代邀居士王先生阅卷，致诗曰：

欲知大德入何境？阅卷旁修可有空？
沙满恒河流未断，磨刀不误砍柴工。

再寄王居士

记：王居士复曰：“在下此时心不净，有空没空老婆定。黄河沙满流几断，大德又行普度功。安排就业拉内需，教授妙心和大同。欲步高韵唱大风，提笔茫然意朦胧。”乃寄诗再请曰：

大德果然境界高，心无挂碍亦无劳。
乞和善眷早商议，通觉坦途随意挑。

又记：王居士再复曰：“诗魔入心，魔由心生。心灭魔寂，寂灭即佛。诗佛王维，吾等之师！诗言志兮，古人诗心！志在山林，罗汉之智。志济沧海，菩萨大愿！志入大道，诗佛可期！”余知无果，作四句偈乃罢。偈曰：

无事不留痕，浮埃自有根。
起心动念处，皆是度凡门。

上元节逢雪寄郃城王某

满城灯火万人游，寂寞蜡花空唱酬。
倩得东风来问候，君家春雪入诗不？

中秋雾夜和师商州山人一绝

雾扰中秋又一年，亦遮明月亦遮天。
广寒宫主知焉在，许问人间几事全？

教师节回复诸好

佳节又来似往常，食同昨日睡同床。
大惊小怪光阴短，却为献诗搜断肠。

年终和苦竹兄

夜无闲静昼无情，那得和诗半截①成。
辜负梅花春意好，年终一片考评声。

注释：①半截：一半。又，诗有绝句，或谓截取律诗一半而成，故称绝句为截句。

题集虚斋

序：苦竹兄命其斋曰集虚，典出《庄子》，其意奥妙。兄嗜茶好诗，喜佛老，通地理，坊间多闻。尝与之茶语，间有四句云：

斗室集虚虚奈寻，璇玑①难解解还吟。
壶中水月藏真趣，案上樊篱系慧心。

注释：①璇玑：古人以璇玑玉衡指代天文星象，璇玑亦泛指北斗星。又，前秦诗人苏蕙作“璇玑图”八百余字，五彩相宣，世人莫解。唐武则天推得诗二百余首。宋高僧起宗解为十图，得诗三千余首。明康万民撰《璇玑图诗读法》，揭示原图字迹分五色以别诗体，按照正读、反读、起头读、逐步退一字读、倒数逐步退一字读、横读、斜读、四角读、中间辐射读、角读、相向读、相反读等十二种读法，可得五言、六言、七言诗四千二百零六首。诗皆悱恻幽怨，一往情深。传其夫窦滔得读“璇玑图”后回心转意，终恩好如初。

题牧云山房谒山图

万古奇峰为我开，携云带月上瑶台。
千回对望兴难尽，醉里踏歌今又来。

天沐兄旅疆有寄

萍身逐影落天涯，凌乱秋风袭暮笳。
孤月寒星知倦客，几人不羡武陵花[①]？

注释：①武陵花：代指世外桃源。详见晋陶渊明《桃花源记》。

意大利汉学家毕罗先生来访

古迹遗碑万里寻，亦交文字亦交心。
重洋未阻雕龙客[①]，两样关怀一样深。

注释：①雕龙客：指文人、文章家。明蔡汝楠《寄华鸿山学士》诗：“才迈雕龙客，心齐失马翁。”

议论杂感

霾散日出感赋

阴霾迭次扰清平，皓曜须臾万里晴。
大彻光芒惊世界，照穿一切小聪明。

乙未秋闻军方诸高官落马

羊头高挂新丰市①，腐肉阗②堆细柳营③。
蠹孔千疮风雨密，汉家深梦一雷惊。

注释：①新丰市：据晋葛洪《西京杂记》载：“太上皇（汉高祖刘邦之父）徙长安，居深宫，凄怆不乐。高祖窃因左右问其故，以平生所好，皆屠贩少年，沽酒卖饼，斗鸡蹴鞠，以此为欢，今皆无此，故以不乐。高祖乃作新丰，移诸故人实之，太上皇乃悦。”此处以新丰市喻指京畿。②阗

(tián)：充塞拥堵。③细柳营：是汉车骑将军周亚夫当年驻军的营地。周亚夫曾因军功而封侯任相，执掌三军，故以细柳营代称军队。

霾日哀吟

晴日不多霾复霾，遁身无计困书斋。
恨闻市客争渔利，忍把残生作赌牌。

霾没长安

前途未卜莫强求，假作仙人驭慢牛。
两眼迷茫何处去，长安不见使人愁。

无　题

总把苦茶看作茶，百年铁树忽开花。
灵台[①]偶得春风意，迷悟原来是一家。

注释：①灵台：指心。《庄子·庚桑楚》：“不可内于灵台。”郭象注“灵台者，心也。”鲁迅《自题小像》诗：“灵台无计逃神矢，风雨如磐暗故园。”

闻学者造假逐利有作

弦箭文章[1]赚朵颐[2]，蝇攀蚁附醉佯痴[3]。

楼头四顾春光浅，几个风人[4]愧采诗？

注释：①弦箭文章：指文章如弦上之箭，不得不发。《太平御览》引《魏书》：“太祖（曹操）平邺，谓陈琳曰：‘君昔为本初（按：袁绍字）作檄书，但罪孤而已，何乃上及父祖乎？’琳谢曰：‘矢在弦上，不得不发。’太祖爱其才，不咎。”②朵颐：原指鼓腮进食。此处意为谋食。③佯痴：装傻。④风人：古代采集民歌风俗以观民风的官员。此处指体制内外各种发表文章之人。

八月中秋至
一季最好時
宜將此消息
報與桂花知
中秋詩一首
志海

下　编

诗　论

律诗立意说略

一　何为立意

在谈立意之前，我们先来分析一下“意”这个概念的来源和含义。

“意”这个概念最早来自《周易·系辞》：“书不尽言，言不尽意，然则圣人之意，其不可见乎?”“圣人立象以尽意，设卦以尽情伪，系辞焉以尽其言。”

这是已知先秦思想家最早对言、意、象的提法。其中“言”，就是语言，语言本是人类的思维工具和交流媒介。它是以语词为基本单位的人类沟通交流的符号系统，也是思维的直接结果和书面表现形式。“意”，就是人的主观思想、观念、意识，是人对事物的认知、思考以及态度，是思维的内容。“象”，就是客观物象，包括自然界各种事物的形状、现象以及关系，是思维的材料。

就文学创作而言，意是指作家面对客体所产生的体验、构思和冲动，是文学创作活动的统帅。就文学作品而言，意是指作品中饱含思想感情的艺术世界，以及艺术世界中所充满的观念、情趣、神韵等，是文学作品的灵魂。

物质世界的象经由作家形成一定的思想意识组合，用文字固定下来，便成为言，也就是文学作品。整个创作环节中，意处于主动地位，是文学创作及作品的核心。

弄清楚意的概念以及言、意、象三者的关系后，我们来看何为立意?

立意就是命意或者用意，作者通过对事物的认知、思考后形成所要表达的思想、观念和情感。

立意是创作的出发点并且占据主宰地位。不管是作诗还是作文，立意发于写作之前。虽然在写作过程中，立意可以有所变化，但写作终究是在立意的指引下完成。立意与作品的思想内容大致吻合，但不一定完全一致。一般意义上所说的主题就是指作品的基本思想。实际上主题往往未能反映立意的全部，立意往往大于主题，立意包含主题思想。反过来讲，作品一旦完成，其立意则受限于作品和读者的理解，与作者最初的立意也有一定的距离。清谭献在《复堂词录自叙》里说过一句话："作者之用心未必然，而读者之用心何必不然。"说的也有这层意思。

概而言之，立意是作者要表达的思想、观念和情感；也是读者通过作品理解和领悟到的思想、观念和情感。二者有共通之处，也可能会有差别。

诗要写好，必要立意好。南朝梁萧统《文选序》曰："盖以立意为宗，不以能文为本。"唐杜牧《答庄充书》曰："凡为文以意为主，以气为辅，以辞彩章句为之兵卫。"清王夫之《姜斋诗话》云："无论诗歌与长行文字，俱以意为主。意犹帅也，无帅之兵，谓之乌合。"他们皆明确强调了创作以立意为主的要旨。然而立意有高低、深浅、新古、奇平诸种情况，决定了作品的境界层次和美感程度。面对同一题材或者同一对象，由于艺术修养不同，所处的境遇不同，地步不同，阅历不同，作者的创作乃至读者的欣赏效果也都不同。因此，我们不得不面对一个如何立意的重大问题。

二　如何立意

立意作为作者构思文意的心理历程，有时是一个复杂的过程，有时也是一个简单的过程。刘勰把这种过程通称为“神思”。他说：“文之思也，其神远矣！故寂然凝虑，思接千载；悄焉动容，视通万里；吟咏之间，吐纳珠玉之声；眉睫之前，卷舒风云之色，其思理之致乎！故思理为妙，神与物游。”[①] 从这里概括出来的“神思”，指作家在想象力活跃时或处在灵感状态下进行的创作构思。这看似简单，但其实是一个复杂的过程。陆机《文赋》是这样说立意的：“其始也，皆收视反听，耽思傍讯，精骛八极，心游万仞……观古今于须臾，抚四海于一瞬。”[②] 这里的“耽思”指作家专心致志于思索的过程。综合两家的言论，不难看出：立意复杂时要“寂然凝虑，思接千载……视通万里”，要“耽思傍讯，精骛八极，心游万仞”；立意简单时则于“吟咏之间”“眉睫之

① （南朝）刘勰著：《增订文心雕龙校注》，（清）黄叔琳注，李详补注，中华书局 2012 年版，第 372 页。（以下《文心雕龙》引文皆出自这一版本，不再一一标注。）

② （晋）陆机：《文赋》，参见《文赋集释》，张少康集释，人民文学出版社 2002 年版，第 36 页。

前”自然而然地“观古今于须臾，抚四海于一瞬”。然而，简单与复杂常常又互为纠结，难于分清。不管复杂还是简单，立意都可概括为思考的过程，是作者构思文意的心路历程。

显然，作诗必要立意，立意必思而得之，也就是“用思”。立意是“用思”的过程，也是“用思”的结果。但诗的创作，根源于主观情感，启发于客观物象，其立意也必因人而异、因地而异、因事而异、因情而异。所以，立意的方法也会各有不同，概括起来略有三种，就是：生发，感发，取发。

先来看传为王昌龄所撰的《诗格》[①] 中的一段话：

> 诗有三格：一曰生思，二曰感思，三曰取思。生思一，久用精思，未契意象，力疲智竭，放安神思，心偶照境，率然而生。感思二，寻味前言，吟讽古制，感而生思。取思三，搜求于象，心入于境，神会于物，因心而得。

① （唐）王昌龄：《诗格》，参见（宋）陈应行《陈学士吟窗杂录》（卷四），《续修四库全书·集部·诗文评类》，上海古籍出版社2002年版，第1694册，第167页。

所言生思、感思、取思正好说明了立意的三个来源和方法。就是说，立意的具体方法可以是生发，可以是感发，可以是取（搜求）发，也可以几种方式混而用之。

生发就是作者的某些生活感受或某些人生感慨，在与特定的情景条件相契合时，自然地在作品中表达出来。就是所谓“心偶照境，率然而生”。

杜甫《秋兴八首》（其一）：

> 玉露凋伤枫树林，巫山巫峡气萧森。江间波浪兼天涌，塞上风云接地阴。丛菊两开他日泪，孤舟一系故园心。寒衣处处催刀尺，白帝城高急暮砧。

这首诗是杜甫晚年为逃避战乱而寄居夔州时的代表作品。此诗因秋起兴，由巫山巫峡的秋声秋色写起，至波浪滔天、乌云压地的萧瑟情景，衬托出当时边关吃紧，战云纷飞的时局，虚实兼写，生动形象地表达了诗人动荡不安的处境，抒发了作者的忧思与郁勃不平之气。面对秋气萧森、身世蹉跎、家国衰落的现实，作者以“丛菊两开他日泪，孤舟一系故园心”点题，自然而然地标示出虽处江湖之远、但仍忧家国之深的立意，读来沉郁顿挫，意境宏深，令人荡气回肠，无限感慨。此种立意便属于生发。

感发就是作者受到外界客观事物的触动后，以客观物象为审美对象，将自己放入特定情境中，启动思维，“感而生思”，是有作者的主体意识主动参与的创作活动。当然，感发也有创作主体被动受感而产生创作意识的情形，姑且不论。这里根据“寻味前言，吟讽古制”，主要强调主体意识主动参与的情形。或者说，感发之“感”虽有被动的成分，但“发”则一定是主动的行为。

刘禹锡《西塞山怀古》：

王濬①楼船下益州，金陵王气黯然②收。千寻铁锁沉江底，一片降幡出石头。人世几回伤往事，山形依旧枕寒流。今逢四海为家日，故垒萧萧芦荻秋。

此为怀古诗，刘禹锡寻前代遗迹，感发而作。诗写西晋太康元年，晋武帝司马炎命王濬率领以高大的“楼船”组成的西晋水军，剑指东南，讨伐孙吴。西塞山作为沿途要塞，山锁洪流，形势险峻，有横锁长江的军事

① 王濬：底本“王濬”作“西晋”，《全唐诗》作“王濬”。
② 黯然：底本“黯然”作“漠然”，《全唐诗》作“黯然”。

作用。但吴国终是敌不过势如破竹的西晋大军，直到金陵陷落，降幡出城，吴国覆灭，一段凄婉的三国故事就此黯然收场。然而往事已矣，“山形依旧”，残破悲凉的军事故垒已荒废在一片秋风芦荻之中。这不能不引起诗人的无限伤感。面对“故垒萧萧”，放眼六朝往事，今逢四海为家，而伤几回人世？此番胸臆，皆感而发之。

取发就是作者搜取储存于主观意识中的思想经验作为审美对象，观照真情实境而传达胸中之意。取发是一种更抽象、更主观、更高层次的创作。因为要借助此前的思想经验和知识存储为依托而创造意境，故有“造意”之说。实际上此“造意”不仅要求作者的思想经验真，还要求所创造的意境真，貌似“造意”，实从记忆库中索取而来，并与实际境物“神会”而得。常建《题破山寺后禅院》：

> 清晨入古寺，初日照高林。竹径[1]通幽处，禅房花木深。山光悦鸟性，潭影空人心。万籁此俱寂，但余[2]钟磬音。

---

① 竹径：别本作“曲径”。
② 但余：别本作“惟闻”。又作“惟余”。

此诗写闲适。诗从朴实写景着笔，抒发隐逸闲趣。构思委婉，用笔含蓄，工于造意，妙在言外。殷璠《河岳英灵集》评曰："似初发通庄，却寻野径，百里之外，方归大道。所以其旨远，其兴僻，佳句辄来，唯论意表。"欧阳修曾说："吾常喜诵常建诗云：'竹径通幽处，禅房花木深。'欲效其语作一联，久不可得，乃知造意者为难工也。晚来青州，始得山斋宴息……益欲希其仿佛，竟尔莫获一言。夫前人为开其端，而物景又在其目，然不得自称其怀，岂人才有限而不可强？将吾老矣，文思之衰邪？兹为终身之恨尔。"（《题青州山斋》）可见此类好诗贵在能够唤起身临其境者的亲切感受而不做作，这与作者的思想经验、情感才力皆有关系。常建"仕颇不如意，遂放浪琴酒，往来太白、紫阁诸峰，有肥遁之志"（《唐才子传》），其主观意识中必然储存着佛老思想以及与之相关的种种经验，然后"搜求于象，心入于境，神会于物，因心而得"，写"寂"写"空"信手拈来，其诗也必然清净无垢，荡涤人心，可谓"造意"圣手。欧阳修之所以始终写不出类似的诗句，最重要的原因恐怕就是缺乏常建的这种思想经验或者记忆储存吧。无物可取，也就无所取发了。再举取发一例。李商隐《贾生》：

宣室求贤访逐臣，贾生才调更无伦。可怜夜半虚前席，不问苍生问鬼神。

此诗咏贾谊怀才不遇之悲，以刺统治者不问苍生之弊。诗从汉文帝郑重求贤着笔，既强调了汉文帝虚心垂询以至于“夜半虚前席”之况，又突出了贾生才高品贤之实，但中途笔锋一转，感慨汉文帝不是为了询求治国安民之道，而是为了询问鬼神之道，着实令人唏嘘！诗从表面上似刺汉文帝，实则指向了现实。作者所处的晚唐时期，皇帝们大都崇佛媚道，不顾民生，所以“不问苍生问鬼神”成为作者关注并批评的时弊。诗中的贾谊，有诗人自己的影子，汉文帝有唐皇帝们的影子。作者寓感慨于讽刺，立意并不单纯。点破而不说破，论及而不论断，实在高明。此诗立意纯属取发。作者既没有见过贾谊和汉文帝，也没有亲临现场，诗中的象意皆取自知识存储和思想经验，而“造意”之切，实属“神会”。

以上列叙也只是点到为止，目的是便于大家简要地理解立意的不同路径。其实所谓生发、感发、取发都是“用思”的过程及结果，原无本质的区别。比如生发和感发，大有相似之处，只是前者是无意识产生的，作者被动，人随境迁；后者是有意识地寻感而发，作者主动，境随人迁。这是最大的不同。但若强为纠结，也能揪出区别的纰漏，恕不赘述。至于取发，强调的是搜取，作者可以没有身临其境，只是搜取主观意识中的思想经验作为审美对象进行创作，故有“造意”之嫌。但取发不仅重在搜取，还要“神会”，即便称作“造意”，也绝非空造。

总而言之，由于创作的复杂性和丰富性，诗的立意一般不可能只用某种单一的方法，完全有可能是两种或多种方式混而用之。

三　立意之崇尚

（一）立意尚真切

《周易·乾卦·文言》谓“修辞立其诚”，《毛诗序》谓“情动于中而形于言”，皆表明写文立意应当真切诚恳，不可虚假浮饰。辛弃疾词《丑奴儿·书博山道中壁》曰：“少年不识愁滋味，爱上层楼。爱上层楼。为赋新词强说愁。而今识尽愁滋味，欲说还休。欲说还休。却道天凉好个秋。”该词从文学创作的角度解，则更明白无误地讲透了创作的第一要义，就是立意要真切。诗的立意要从实际出发讲真情、发真意，而不是虚情假意无病呻吟；也不是主观臆造没话找话。诗人的真情实感如鲠在喉，不吐不快，这才发言为诗。清刘熙载《艺概·诗概》云："诗可数年不作，不可一作不真。"这即为刘勰主张的"为情造文"。就是说诗必缘情，有真情才是真艺术。《红楼梦》第48回黛玉论诗，这样说道："词句究竟还是末事，第一立意要紧。若意趣真了，连词句不用修饰，自是好的。"黛玉论诗就强调一个"真"字，那些"为赋新词强说愁"、言不由衷、隔靴搔痒的文字，徒具形式而已，不是什么好诗，甚至连诗都算不上。当然好诗还是要讲究词句的，只不过不是"第一要紧"的事而已。来看一例，白居易《梦微之》：

夜来携手梦同游，晨起盈巾泪莫收。漳浦老身三度病，咸阳宿草[1]八回秋。君埋泉下泥销骨，我寄人间雪满头。阿卫韩郎相次去，夜台茫昧得知不？

这是白居易为好友诗人元稹（微之）写的一首悼亡诗。白居易和元稹在长安结识，二人同时参加了吏部的

① 宿草：一作"草树"。

制科考试，且同时担任校书郎一职，于是便有了共同饮酒赋诗的文人生涯。元稹因得罪宦官而外放为通州司马，白居易数次上书施援，但无济于事，后白居易也以“越职言事”之罪名被贬为江州司马。此时二人同为外贬司马，可谓“同是天涯沦落人”了！此诗系元微之去世九年后作者因梦而作，写梦中与微之携手同游，共诉幽怀，梦醒后老泪纵横，盈巾莫收。已然埋在黄泉之下的微之，泥土侵蚀着他的尸骨，而自己却顶着满头白发暂时寄居在苍凉的人间。更悲惨的是，微之的小儿子阿卫、女婿韩郎都已经先后死去了，这种断人肝肠的噩耗，渺茫昏暗的黄泉中人可能知否？风烛残年的诗人白居易亲历了比自己小七岁的好友元稹及其两个晚辈的离世，其心情何止是白发人送黑发人那样的悲凉！本诗写人间悲情，立意之真切，视之为无与可比者，实不为过。

好的格律诗除了要在语言上体现汉语独有的语言美（意美、音美、律美也就是节奏美）之外，更应当注重意境的追求、趣味的凝练、格调的彰显、情感的抒发等。可见，无论是意境趣味还是情感格调，格律诗都贵在一个“真”字。

不管状物还是抒怀，关键要有真实的感受，还要追求自然而然的创作过程。所以说，我们讨论的立意真切，大可以从两个层面去理解：一个层面是指作品的内容要情真意切；另一个层面是指作品的构建要符合逻辑，也就是顺理成章。有的人写诗，一腔热情，好像都是真情实意，但缺乏逻辑即“不合理路”；有的人写诗，条理清楚，逻辑严密，但寡淡无味，缺乏情趣。这都属于立意不真切。所以，既要情达意真，还要理路顺畅。总之，只要做到内容上情真，逻辑上理切，自是合情合理的好诗了。再举一例，杜甫《月夜》：

> 今夜鄜州月，闺中只独看。遥怜小儿女，未解忆长安。香雾云鬟湿，清辉玉臂寒。何时倚虚幌，双照泪痕干。

此诗写思念。先来了解一下创作背景：唐天宝年间，杜甫在长安困顿生活了十年，其间虽苦多乐少，亦有与妻子在一起观赏长安月明的机会，这给他留下了深刻的记忆。至天宝十五载（756）安史之乱爆发，叛军从范阳起兵，一路经洛阳打到潼关，长安沦陷。唐玄宗逃往蜀地，杜甫亦携家逃往鄜州避祸。后听说唐肃宗在灵武（今宁夏灵武县）即位，杜甫即从鄜州只身前往灵武投奔唐肃宗，不料途中被叛军所俘，押回长安。此诗就作于此间。

因为作者自己身陷乱军之中，“独看”长安之月，因而想象着远在鄜州的妻子或许也在“独看”鄜州之月，各自回忆往日在长安时相依为命的生活，其“忆”不仅充满了往日的辛酸，还交织着今日的惊恐与不安。想象与现实并织，思念与孤苦相融，其况悲凉，其意深广，读来令人百感交集！作者又想到，妻子对自己生死未卜的处境该是如何忧心。但天真幼稚的小儿女们，哪能理解得了“忆长安”的苦楚呢！这一个“怜”字，既饱含着为父者对小儿女们的深情思念，又暗示了未谙世事的小儿女们尚不懂得想念奔波在外的父亲，也不能理解无依无靠的孤苦母亲。从小儿女的“未解”到为人父的“遥怜”，从“云鬟湿”的寒凉到“玉臂寒”的孤苦，谁人能不为之动容呢？

本诗按常规逻辑布局，当以“今夜长安月，客中只独看”（霍松林[①]）开篇似为更妥，但作者并未如此，而是用曲笔以他思写己思，用的是“诗从对面飞来”（清浦起龙《读杜心解》卷三）的手法。虽属想象，但理路

① 霍松林：《唐诗鉴赏辞典·月夜》，上海辞书出版社1983年版，第450页。

恰切，不失为上乘之作。清纪晓岚谓“入手便摆落现境，纯从对面着笔，蹊径甚别”[①]。这种“从对面着笔”的手法，在钱锺书的《管锥编》中也屡获首肯：“据己思人乃想人亦思己”，“据实构虚，以想象与怀忆融会而造诗境”，“或在此地想异地之思此地”，“或在今日想他日之忆今日”，“一施于空间，一施于时间，机杼不二也”。前人大多主张“诗犹文也，忌直贵曲”（清施补华《岘佣说诗》），“凡作人贵直，而作诗文贵曲”（清袁枚《随园诗话》卷四）。综观《月夜》一诗，可谓句句曲笔。全诗通写思念，对自己却点墨不提，含蓄委婉，耐人寻味。曲笔的手法使诗的情感内容从单一维度转向多维度，缠绵悱恻、神驰千里的情感交织加强了诗歌表达的艺术效果。因而，本诗妙在情真意挚，亦妙在手法高超，理路恰切！正所谓“修辞立其诚”者也。

（二）立意尚高远

宋姜夔《白石道人诗说》云：“诗有四种高妙：一曰理高妙，二曰意高妙，三曰想高妙，四曰自然高妙。碍而实通，曰理高妙；出自意外，曰意高妙；写出幽微，

① （元）方回撰，（清）纪昀刊误，吴晓峰点校：《〈瀛奎律髓〉刊误》，武汉出版社2008年版，第609页。

如清潭见底，曰想高妙；非奇非怪，剥落文采，知其妙而不知其所以妙，曰自然高妙。”[①] 苏轼《琴诗》：

若说琴上有琴声，放在匣中何不鸣？若说声在指头上，何不于君指上听？

此诗说理，被誉为“理高妙”的典范。

陶渊明诗《饮酒》：

结庐在人境，而无车马喧。问君何能尔？心远地自偏。采菊东篱下，悠然见南山。山气日夕佳，飞鸟相与还。此中有真意，欲辩已忘言。

此诗蕴含丰富，却无法用逻辑的语言来表达这种微妙的生命整体性，只能用非逻辑的诗的语言来表达这种“只能意会、不能言传”的意境。“出自意外”实则“意高妙”。

宋陈与义《襄邑道中》：

---

① （宋）姜夔：《白石道人诗说》，参见（清）何文焕、丁福保编《历代诗话统编》，北京图书馆出版社 2003 年版，第 440 页。

飞花两岸照船红，百里榆堤半日风。卧看满天云不动，不知云与我俱东。

此诗写乘船行于襄邑水路的情景。两岸飞花，百里榆堤，小舟顺风而行，诗人却卧看天云不动，忽然悟得云我俱东之理，动中见静，静中有动，实在有趣。重要的是诗人通过细微的观察和感受，恰如其分地表达了轻松愉快、旷达神怡的心情，不但富有哲理，给人以智慧的启示，还将幽深的思想感情写得透彻。这种“景生情，情生景，哀乐之触，荣悴之迎，互藏其宅”（王夫之《姜斋诗话》）的手笔正是所谓“想高妙”也。

南宋诗僧志南《绝句》：

古木阴中系短篷，杖藜扶我过桥东。沾衣欲湿杏花雨，吹面不寒杨柳风。

此诗写杏花烟雨，沾人衣而不湿；杨柳微风，吹人面而不寒。这等春景奇妙迷人，如入禅境，“知其妙而不知其所以妙”，“自然高妙”也。

以上四种高妙皆属立意高远者。正如北宋刘攽在《中山诗话》所云：“意深义高，虽文词平易，自是奇作”，亦如明李东阳《麓堂诗话》所云：“意贵远不贵近，贵淡不贵浓。浓而近者易识，淡而远者难知”，皆为立意高远之的（dí）论。高远的立意还可以超越个人的诉求，超越生命的卑微与局限，也可以超越物质世界对人的意识的束缚。如此，立意高远便成为一种贯古通今、整合宇宙的时空意识。这种时空意识可以综合表现在诗中，形成震古烁今、涤荡人心的超迈之作。崔颢的《黄鹤楼》便是一例：

昔人已乘黄鹤去，此地空余黄鹤楼。黄鹤一去不复返，白云千载空悠悠。晴川历历汉阳树，芳草萋萋鹦鹉洲。日暮乡关何处是，烟波江上使人愁。

该诗前半部分是古体形式，后半部分变为律体。总体看是半古半律的诗，不完全合格律。但该诗通灵透彻，立意异常高远。诗写登高远望，乡关难归，古往今来，时空转殊，烟波空蒙，愁绪弥漫，读来令人震撼。《沧浪诗话》认为“唐人七言律诗，当以崔颢《黄鹤楼》为第一”，自有他的道理。

（三）立意尚出新

诗贵出新。清人李渔说："人惟求旧，物惟求新：新也者，天下事物之美称也。而文章一道，较之他物，尤加倍焉。"（《闲情偶寄·词曲·结构》）明确表示诗文之好，以求新为要，诗文之求新，尤甚于其他。苏轼曾言："出新意于法度之中，寄妙理于豪放之外。"（《书吴道子画后》）"吾书虽不甚佳，然自出新意，不践古人，是一快也。"（《评草书》）这虽是论书画之语，用于论诗，也未尝不可。立意求新，首先要脱俗。俗有两层含义，一是熟，二是浮。熟则雷同，浮则浅薄。诗的立意如果与已有的诗意如出一辙，那么写出来的诗往往也就大同小异，没有新鲜感，甚至千篇一律，无有别趣，这便是熟；另外，如果作者孤陋寡闻，认识肤浅，趣味低级，那么写出来的诗就难免轻薄乏味不堪卒读，这便是浮。其次要纠偏。清朱庭珍《筱园诗话》说："诗人构思之功，用心最苦，始则于熟中求生，继则于生中求熟……"虽然大多数诗篇不可能完全创新，必有"所见略同""似曾相识"之处，但这仍需于生熟之间反复拿捏，方能求得好的诗意。如果能完全创新立意，那就再好不过了。必须警觉的是，立意能超凡脱俗自是好事，但要脱俗而不绝俗。假如心存俗念却又矫揉造作，那么标新立异便是一种偏激的行为，作者无非要沽名钓誉标榜自己而已。这正是洪应明《菜根谭》里所说的“绝俗求清者，不为清而为激”。因此，清新脱俗的立意是自然而然的事情，无须造作，李白所谓“清水出芙蓉，天然去雕饰”可以为之圭臬。下面列举立意出新常用的三种方法。

1. 自出新意

自出新意自然是新意出于己胸而不与他人雷同。作者是在没有参照物、没有可比性的情况下进行“我手写我心”的创作活动，其结果往往是不求异而自异，不为新而自新。

以下面一组五言古诗为例。这里的举例主要考虑到同题比较，便于初学者理解。当然无论古体诗还是格律诗，立意的原则、方法都是一样的，不必细较。

唐天宝十一载（752）秋，诗人杜甫、岑参、高适、储光羲和薛据，相约到长安城南的慈恩寺游览，共同登上大雁塔而赋诗遣兴，于是留下了以《同诸公登慈恩寺塔》为题的几首诗作。但由于各人的思想境界与生活经历不同，所赋诗章的立意便大有异趣。岑参、储光羲、高适等人在诗中主要以描写自然景观为主，虽各不相同，但在立意上有一定的趋同性。如岑参的诗句“突兀压神州，峥嵘如鬼工。四角碍白日，七层摩苍穹”，储光羲的诗句“冠上阊阖开，履下鸿雁飞。宫室低逦迤，群山小参差”，高适的诗句“秋风昨夜至，秦塞多清旷。千里何苍苍，五陵都相望”。薛据的诗已失传，不论。而诗人杜甫的诗则超凡脱俗，卓然出群。全诗如下：

高标跨苍穹[①]，烈风无时休。自非旷士怀，登兹翻百忧。方知象教力，足可追冥搜。仰穿龙蛇窟，始出枝撑幽。七星在北户，河汉声西流。羲和鞭白日，少昊行清秋。秦山忽破碎，泾渭不可求。俯视但一气，焉能辨皇州。回首叫虞舜，苍梧云正愁。惜哉瑶池饮，日晏昆仑丘。黄鹄去不息，哀鸣何所投。君看随阳雁，各有稻粱谋。

杜甫此诗同样也描写了慈恩寺塔周边的自然景观，但与众不同的是作者借写景而赋予了诗歌更新的立意：通过眼前朦胧不清的景物，怀念了唐太宗时的贞观之治，也觉察到大唐社会当前繁华背后的动荡忧患，进而婉转

① 苍穹：别本作“苍天”。

地批评了追求享乐、不理朝政的最高统治者唐玄宗，以及趋炎附势、投机钻营的利禄之徒，充分表达了自己心中的惆怅和忧国忧民之情。作者站得高看得远，其诗立意之新、气魄之大、艺术境界之高，连高、岑、储、薛这样的大家高手都无可匹敌，遑论平庸之辈？五位诗人虽然处于同一地理高度，却未处于同一思想高度（程千帆、莫砺锋等语），故立意之别高下判矣！杜甫此诗立意自出胸襟，欲脱俗却不强而为之，有新意而天然由之，是“我手写我心”的典范之作。

2. 化出新意

所谓化出新意，就是借鉴和化用前人的诗意而成就自己新的诗意。用前人诗词中的物象和意象，转换时空，写出当前之意境。刘勰谓“设文之体有常，变文之数无方”就点出了诗词的创作是变化无穷的，依时代的发展而发展。这种发展变化的创作可以是在继承前人创作实践的基础之上而实现的，化出新意即属此类。

化出新意之化法，可分为明化和暗化两种。明化就是明显地从前人的诗意中变化而来的立意。虽在时空、意象上有所改变，但借用的痕迹还是比较明显的。李白诗《上三峡》：“……三朝上黄牛，三暮行太迟。三朝又三暮，不觉鬓成丝。”此诗就化用了古歌谣“朝发黄牛，暮宿黄牛。三朝三暮，黄牛如故”之诗意。李白完全借用了该歌谣的物象和意象，但化出的新意却增加了更为丰富的内涵和韵味，虽比古歌谣高明了许多，但毕竟来自古歌谣，只能算作化出的新意。又如王勃《送杜少府之任蜀州》：

城阙辅三秦，风烟望五津。与君离别意，同是宦游人。海内存知己，天涯若比邻。无为在歧路，儿女共沾巾。

此诗化用了曹植《赠白马王彪（其六）》之诗意。曹诗为：“心悲动我神，弃置莫复陈。丈夫志四海，万里犹比邻。恩爱苟不亏，在远分日亲。何必同衾帱，然后展殷勤。忧思成疾疢，无乃儿女仁。仓卒骨肉情，能不怀苦辛？”显然，王诗化用曹诗的痕迹很明显。但王诗更加凝练，诗意也有了升华，相比而言，王诗朗健宏阔，更胜一筹。

比起明化来说，暗化前人诗意的痕迹就不那么明显了。当然暗化毕竟还属于借用，没有任何痕迹是不可能的，否则就是自出新意而不是化出新意了。杜甫《小寒食舟中作》：

佳辰强饮食犹寒，隐几萧条戴鹖冠。春水船如天上坐，老年花似雾中看。娟娟戏蝶过闲幔，片片轻鸥下急湍。云白山青万余里，愁看直北是长安。

其中“春水船如天上坐，老年花似雾中看”一句，就化用了沈佺期《钓竿篇》中“人疑天上坐，鱼似镜中悬”的诗意。此处化用的痕迹比较隐微，当属暗化。

化出新意当有“点铁成金”的效果，既要求立意化新，也要词意深切清明。要在时空的发展中，看到物象与意义的变化。如果忽视了时空的变化，物象与意义也是旧的，化用就失去了时代特征，也不能算是出新。所以化用不是因袭古人，也不是人云亦云，而是化故而弥新，甚至要化腐朽为神奇。正如明谢榛《四溟诗话》卷三所谓：“凡袭古人句，不能翻意新奇，造语简妙，乃有愧古人矣。”[①]

① （明）谢榛：《四溟诗话》，参见（清）何文焕、丁福保编《历代诗话统编》（三），北京图书馆出版社2003年版，第627页。

3. 翻出新意

翻出新意之法有二，一是翻空出新，指在同题材中摆脱前人窠臼，创出新的思路。

比如历来写王昭君的诗词很多，或写其离愁别恨；或惋其红颜薄命；或哀其家国身世等。自王安石的《明妃曲》出，便被誉为咏昭君最好的诗。此诗为古体诗，其立意翻新殊为经典，特备一说以供垂范。《明妃曲》（其一）：

> 明妃初出汉宫时，泪湿春风鬓脚垂。低徊顾影无颜色，尚得君王不自持。归来却怪丹青手，入眼平生几曾有。意态由来画不成，当时枉杀毛延寿。一去心知更不归，可怜着尽汉宫衣。寄声欲问塞南事，只有年年鸿雁飞。家人万里传消息，好在毡城莫相忆。君不见咫尺长门闭阿娇，人生失意无南北。

该诗前半部分写昭君之美，美到汉元帝见了竟不能自持，乃至出现了“杀画师”（《西京杂记》）的传说。王安石虽引用了这个传说，却翻空出新，点明昭君之美不在容貌，而在“意态”。所以“意态由来画不成，当时枉杀毛延寿”成为千古绝唱。后半部分写昭君嫁胡后的心事，重点落在“君不见咫尺长门闭阿娇，人生失意无南北”的结句上，又一次翻空出新点明主题，其立意不落俗套。

二是反意出新，指立意与前人的意思正好相反，以取新意。

王安石的《乌江亭》，反用杜牧《题乌江亭》的诗意，亦为后人称道，被推为翻案之作的佳品。杜牧《题乌江亭》：

胜败兵家事不期，包羞忍耻是男儿。江东子弟多才俊，卷土重来未可知。

该诗批评项羽胸襟不够宽广，设想项羽若能够再回江东重整旗鼓的话，还可以卷土重来，不必自绝于江东父老。王安石《乌江亭》则曰：

百战疲劳壮士哀，中原一败势难回。江东子弟今虽在，肯与君王卷土来？

王安石认为项羽败局已定，大势所趋，即使江东子弟还在，也不可能愿意再随项羽卷土重来，卖命战场了。王诗“反其意而用之”，翻出新意，别开生面。

好诗必须立意清新。杜甫说“政简移风速，诗清立意新”（《奉和严中丞西城晚眺十韵》），《红楼梦》第38回也说“题目新，诗也新，立意更新了”，都以立意出新为作诗的祈向。刘勰在《文心雕龙》中早有总结：“时运交移，质文代变”，“文变染乎世情，兴废系乎时序”。可见时代变了，世情变了，诗词的创作也应随之而变化。变化的不仅是诗体，更多是内容的发展和意境的开拓。立意出新当本乎此。

（四）立意尚深幽

诗歌超远深邃的立意是建立在微渺的诗思之上的，清叶燮曾清楚地表达了这一思想，他说：“诗之至处，妙在含蓄无垠，思致微渺，其寄托在可言不可言之间，其指归在可解不可解之会，言在此而意在彼，泯端倪而离形象，绝议论而穷思维，引人于冥漠恍惚之境，所以为至也”。[①] 叶燮推崇“古人妙于事理之句”，以至于为孟浩然诗缺少“缥缈幽深思致”而深表遗憾；他还认为

① （清）叶燮：《原诗》，参见霍松林校注《原诗・一瓢诗话・说诗晬语》，人民文学出版社1998年版，第30、74页

“宋人七绝，种族各别，然出奇入幽，不可端倪处，竟有轶驾唐人者”[1]。可见，在叶燮看来，隐微幽深、意在言外是宋人高出唐人的优点，这显然又是一种新的取向。下面便要探讨立意崇尚深幽的要义。

其实，立意深幽的取向，唐诗的表现已非常经典，今以李商隐的《锦瑟》为例探讨其立意深幽的奥妙：

> 锦瑟无端五十弦，一弦一柱思华年。庄生晓梦迷蝴蝶，望帝春心托杜鹃。沧海月明珠有泪，蓝田日暖玉生烟。此情可待成追忆，只是当时已惘然。

这首诗向来注解不一。有以为爱情诗者，有以为忧国诗者，有以为悼亡诗者，也有以为自伤诗者，莫衷一是，但以悼亡论诗者居多。今从“自伤”说，大概因为作者有至苦之情，郁结于胸，发言为诗，却难以言表，故吟咏徘徊自伤其感吧。作者曾在另外一首送别诗里写道：“庾信生多感，杨朱死有情。弦危中妇瑟，甲冷想夫筝……”（《送千牛李将军赴阙五十韵》）可见以瑟筝为

① （清）叶燮：《原诗》，参见霍松林校注《原诗 · 一瓢诗话 · 说诗晬语》，人民文学出版社1998年版，第30、74页。

曲，多将生死哀怨之情相属，是其用意之深吧！故谓“悼亡”实亦“自伤”者也。本诗因“寄托不明”（清屈复、近人梁启超语）而持异论者众，这更加证明了作者立意之深幽，不可一解。本文谨引刘学锴、余恕诚著《李商隐诗歌集解》片段如下，以备释之：

首联谓见此五十弦之锦瑟，闻其弦弦所发之悲声，不禁怅然而忆己之华年往事。……颔、腹二联，即承“思华年”而写回忆中之华年往事……“庄生”句系状瑟声之如梦似幻，令人迷惘，用意处在“梦”字“迷”字。而此种境界亦即以象征诗人身世之如梦似幻，惘然若迷……“望帝”句系写瑟声之凄迷哀怨，如啼鹃泣血，着意处在“春心”字、“托”字。“春心”本指爱情之向往追求，常用以喻指对理想之追求……“望帝”句殆谓己之壮心雄图及伤时忧国、感伤身世之情均托之哀怨凄断之诗歌，如望帝之化鹃以自抒哀怨也……“沧海”句写瑟声之清寥悲苦……正含沧海遗珠之意……“蓝田”句似写瑟声之缥缈朦胧……或以喻己所向往追求者，皆望之若有，近之则无……颔、腹二联并非具体叙述其华年往事，而系借瑟声之迷幻、哀怨、清寥、缥缈以概括抒写其华年所历之种种人生遭际……末联……谓上述失意哀伤……即在当时亦惘然若失矣。[①]

唐戴叔伦说："诗家之景，如蓝田日暖，良玉生烟，可望而不可置于眉睫之前也。"（司空图《与极浦书》）清梁启超亦说："义山的《锦瑟》《碧城》《圣女祠》等诗……讲的什么事，我理会不着。拆开来一句一句叫我解释，我连文义也解不出来。但我觉得它美，读起来令我精神上得一种新鲜的愉快。须知美是多方面的，美是含有神秘性的。"（《饮冰室文集·中国韵文里头所表现的情感》）可见，一首好诗，常因立意深幽而具有强烈的感染力。读者会在朦胧的意境里被打动，虽琢磨不透，却因其韵味悠长、意在言外的美学特质而久久回味，恰如恩格斯在一封信里说的："作者的见解愈隐蔽，对艺术作品来说就愈好。"[②] 李诗的魅力正在于此。

（五）立意尚古雅

何为古雅？就雅字而言，有"正"的含义。汉刘熙

① 刘学锴、余恕诚：《李商隐诗歌集解》，中华书局 1988 年版，第 1436—1438 页。

② ［德］马克思、恩格斯：《马克思恩格斯选集》第四卷，人民出版社 1972 年版，第 462 页。

《释名》曰："雅，义也；义，正也。"作为诗论的术语，古雅的含义比较丰富，当以雅正为主流。《毛诗序》说："言天下之事，形四方之风，谓之雅。雅者，正也。言王政之所由废兴也。政有小大，故有小雅焉，有大雅焉。"唐皎然认为"恐风雅寖泯，辄欲商较以正其源"（《诗式·序》），就是在推举"高古"，鄙弃"凡俗"，已然是在倡导古雅。宋张表臣《珊瑚钩诗话》说："高简古澹，谓之古"，"推明政治，庄语得失，谓之雅。"宋张炎《词源》："古之乐章、乐府、乐歌、乐曲，皆出于雅正。""雅正"的审美标准非常明确。雅正的源头可追溯到《诗经》和楚骚，则诗骚作为古雅的典范自不必说，凡有诗骚余韵者皆可视为古雅。如初唐陈子昂与张九龄的同题古体诗《感遇》都继承了诗骚的比兴手法和雅正趣味。

来看张九龄《感遇》（其一）：

> 兰叶春葳蕤，桂华秋皎洁。欣欣此生意，自尔为佳节。谁知林栖者，闻风坐相悦。草木有本心，何求美人折。

叶嘉莹先生曾对此诗予以如下赏析：

"……我们说兰桂之开花是为了别人的欣赏吗？是为了让别人把它折下来做装饰吗？当然不是，草木有它的本性，它开花是它的一种本能……何必要求有一个美人把你折去？……因为你已经完成了自己……从这首诗中我们可以看出张九龄确实受到了陈子昂的影响。"[①] "陈子昂在其诗中用了《诗经》、《楚辞》中的传统……他把古诗的一些特色与唐诗的一些特色、古人的寄托与他自己的生平结合得非常好。"[②]

叶先生的释义很明显，认为此诗不但继承了《诗经》的雅正，还在此基础上更进一步发展了古雅趣味的取向。

魏晋南北朝以后，随着文学艺术的自觉，古雅的含义逐步发生变化，向高雅、淡雅方向发展，《诗格》把三国魏诗人应璩诗"远行蒙霜雪，毛羽自摧颓"奉为古雅之作就是一例。司空图所推举的"高古"，包含有古淡、古朴、苍古之意，体现了宁静高远、高雅脱俗、超然尘世、古趣莹然的审美趣味。张炎《词源》则谓："词要

① 叶嘉莹：《叶嘉莹说初盛唐诗》，中华书局2015年版，第93页。
② 同上书，第73页。

清空，不要质实。清空则古雅峭拔，质实则凝涩晦昧”，“姜白石词如野云孤飞，去留无迹……不惟清空，又且骚雅，读之使人神观飞越。”至近人王国维《古雅之在美学上之位置》论曰：“优美及宏壮必与古雅合，然后得显其固有之价值。不过优美及宏壮之原质愈显，则古雅之原质愈蔽。”对古雅另增新的含义，将古雅与优美及宏壮合而论之，这里不再详说。但王国维所谓“若古雅之判断则不然，由时之不同而人之判断也各异。吾人所断为古雅者，实由吾人今日之位置断之”[①]，王国维在此揭示了“古雅”之概念的时代变迁，倒是一语中的。

（六）立意尚奇巧

分开来讲，奇，就是奇异独特，出人意料；巧，就是精思巧构，妙趣横生。奇与巧往往合并，共同表达一个复合意义。《文心雕龙·隐秀篇》曰：“夫立意之士，务欲造奇，每驰心于玄默之表；工辞之人，必欲臻美，恒溺思于佳丽之乡。”[②] 大概意思是说，着意于立志的作者，追求创造奇特，往往在玄奥静默的文字中驰骋想象；

① 王国维：《古雅之在美学上之位置》，参见周锡山编校《王国维文学美学论著集》，上海三联书店出版社 2018 年版，第 96、98 页。

② （南朝）刘勰：《文心雕龙》，（清）纪昀评，李祥补注，刘咸炘阐说，戚良德辑校，上海古籍出版社 2015 年版，第 231 页。

着意于创造工巧文辞的作者，追求尽善尽美，往往在美好辞藻的意义中耽迷思索。立意“须出人意表，方为高手”（明归有光《文章指南》）道出了诗文立意奇巧的奥秘。唐诗人刘叉写过一首正气凛然、立意奇警的诗《偶书》：

日出扶桑一丈高，人间万事细如毛。野夫怒见不平处，磨损胸中万古刀。

读这首诗，似能听到其内心磨刀的声音，这个“万古刀”指的是什么？刘叉生活的时代是唐宦官专权、藩镇割据的混乱时期，打家劫舍、欺良霸善等不合理的事情时常发生。据《唐才子传》记载，刘叉“尚义行侠，旁观切齿，因被酒杀人亡命，会赦乃出，更改志从学”。可见作者是个富有正义感的诗人，虽然改志从学，却未改“尚义行侠”的秉性，路见不平虽不能拔刀相助，但仍存满腔正义，直欲除奸佞、斩邪恶。诗用“磨损古刀”比喻胸中受到压抑的正义感，这种新奇的构思和精辟的表达实属罕见，显示了诗歌立意奇特的魅力。又如陈陶《陇西行》：

誓扫匈奴不顾身，五千貂锦丧胡尘。可怜无定河边骨，犹是春闺梦里人。

此诗第一句写战争“誓扫匈奴不顾身”，第二句写战争的结果“五千貂锦丧胡尘”。第三句进入高潮，写异常残酷的战争中，大批战士顷刻丧生。之后呢？他们亲友的悲痛如何刻画？让常人来写，可能会写将士们葬身沙场后，亲友们悲痛欲绝，顺便发发议论，批评一下统治阶级的失策，如此而已。但诗人陈陶却避熟就生，以奇笔入诗：“可怜无定河边骨，犹是春闺梦里人。”将生死大事置于虚实情景的相互对照中，制造出一种强烈的情感冲击：丈夫明明已战死沙场，妻子却还温馨地怀念于梦中，此番境况，何其残酷！“河边骨”是现实，“梦里人”是幻景；“河边骨”冷酷，“梦里人”温馨。两相对照之下，人间深痛大悲夫复何极！故明王世贞谓：“‘可怜无定河边骨，犹是春闺梦里人’，用意工妙至此，可谓绝唱矣。”

其实，诗歌的构思奇巧往往容易落实在语词的安排上，如巧用字词、精妙对仗、一语双关等，若在此基础上还能表现出整体立意的奇巧来，则更为上乘了。李白的《峨眉山月歌》堪称典范：

峨眉山月半轮秋，影入平羌江水流。夜发清溪向三峡，思君不见下渝州。

从语词的安排上看，此诗妙在四句中五用地名，分别是峨眉山、平羌江、清溪、三峡、渝州，但读起来却流畅自然，“毫不见堆垛之迹，此则浩气喷薄，如神龙行空，不可捉摸，非后人所能模仿也”（清赵翼《瓯北诗话》）。这已经是难能可贵的奇构巧思了，而本诗之奇巧还不止于此，正如清黄叔灿《唐诗笺注》谓：“月在峨眉，影入江流，因月色而发清溪，及向三峡，忽又不见月，而舟已直下渝州矣，诗自神韵清绝。”李白不但将地名与诗境融为一体，绘就了一幅千里蜀江行旅图，还以“思君”二字，融思月、思乡、思人于一体，表达了丰富的思想情感，实为“天巧浑成，毫无痕迹”的神笔。

四 结语

关于律诗创作的立意问题，略说如此。然而道理易懂，习气难除。在创作实践中，今人多喜用“假、大、空”的概念抒发“鸿鹄之志”；或者用公式化的表述，简单机械地传情达意，言词空洞，味之无物。须知，立意不是矫揉造作的无病呻吟，也不是掉书袋式的炫耀学问……若过度偏执地崇尚任何一种取向，皆易堕入此种偏狭的泥潭而不能自拔。好的诗作要直面现实，敢写心声，不粉饰太平，也不虚张声势。一个作者，如果涤除了虚饰浮泛、油滑媚俗、酸腐怪诞、尖巧逞才等习气，那么，即便是在格律形式等方面有些缺陷，也不乏创作出情真意切的可爱之作。当然，如果还能克服这些缺陷，就一定能创作出更加脍炙人口的作品来。正如清陈廷焯《白雨斋词话》所言：“无论作诗作词，不可有腐儒气，不可有俗人气，不可有才子气。人第知腐儒气、俗人气之不可有，而不知才子气亦不可有也。尖巧新颖，病在轻薄，发扬暴露，病在浅尽。腐儒气，俗人气，人犹望而厌之。若才子气则无不望而悦之矣，故得病最深。”①总之，立意并非孤立单调的艺术思维，必须清楚地认识到，立意从思想中来，而情感素材皆从生活中来。以辩证唯物主义视之，作家之“思想、观念、意识的生产最

① （清）陈廷焯：《白雨斋词话》，杜维沫校点，人民文学出版社 1998 年版，第 139 页。

初是直接与人们的物质活动，与人们的物质交往，与现实生活的语言交织在一起的”[1]。因此，一切脱离生活根源的立意及创作都不值得提倡。

① ［德］马克思、恩格斯：《马克思恩格斯选集》第一卷，人民出版社 1972 年版，第 30 页。

律诗用典举隅

何为用典？“典”本指典册（典籍），因记载的典章制度、旧事旧例可作为执事的依据、标准或法则，被奉为经典。其所载内容可称为典故。《后汉书·东平宪王传》：“陛下至德广施，慈爱骨肉，既赐奉朝请，咫尺天仪，而亲屈至尊，降礼下臣，每赐宴见，辄兴席改容，中宫亲拜，事过典故。”[①] 其中“典故”一词就是此意。这也是“典故”一词的最早记录。本文所谓用典，指在诗文里使用有来历和出处的词句或故事（即古书中的成言旧事）。用典也称用事，常常借用古事、古语来论证眼前事，此即刘勰所谓“据事以类义，援古以证今……明理引乎成辞，征义举乎人事，乃圣贤之鸿谟，经籍之通

① （南朝）范晔：《后汉书》卷四十二，中华书局 1999 年版，第 972 页。

矩也”[①]。这里讲的就是引用前人现成的话来说明道理，列举古人的有关事迹来证明意义，这种用法形成惯例，就叫作用典或者用事。

用典的概念有狭义和广义之分，人们通常提及的用典多指狭义的概念，而广义的“用典”还包括整篇诗文的“立意”或“取势”整体或部分来自过去的作品、典籍或史事。本文讨论的用典主要指前者。

用典，作为历代文人常用的表现手法，也是诗歌的一种修辞方法。用典恰当、巧妙，可使格律诗意蕴丰富、简洁含蓄、庄重典雅、生动形象，从而提高作品的表现力和感染力。“现实生活内容至为繁复，而诗歌的语言则要求精粹……如何概括最繁复的现象和感受，纳入精粹的语言之中，安置在固定的短短篇幅之内，使之平匀妥帖，内容和形式统一起来，用典是最重要的技巧和手段之一。因为任何一个典故，都必然有其具体的情节过程，它可以通过作者和读者的共同理解来说明与之相类似的作者所需要说明的问题，大大提高了语言的暗示作用；同时，典故的本身，是社会历史现象的集中和概括。”[②]

---

① （南朝）刘勰：《文心雕龙》，（清）黄叔琳注，（清）纪昀评，李详补注，刘咸炘阐说，戚良德辑校，上海古籍出版社2015年版，第221页。

② 马茂元：《玉溪生诗中的用典》，《光明日报》1958年2月16日。

张戒在《岁寒堂诗话》中说："诗以用事为博，始于颜光禄，而极于杜子美。"可见早在魏晋南北朝时期，用典就已经颇为盛行。当时盛行用典主要是出于政治环境逼仄、士族门第标榜文化、文学形式追求精致等多方面原因，未料却凸显了用典的优势，此后一发而不可收。至于格律诗，用典俨然成为"功夫在诗外"的一个标志。

格律诗的用典既具有诗文用典的一般特征，也有其自身特色。以下举隅以说之。

一　格律诗用典的种类

依据所引内容可将用典分为援引古事和借用成言两类，也就是事典和语典。这种用典的分类只是相对而言，在实际运用中常兼而有之，不宜偏执于割裂理解。

（一）援引古事

援引古事就是引用古人的有关事迹来列证取义。往往表现为不论而自证的特点：只要列举，无须论证。

刘禹锡《蜀先主庙》：

天地英雄气，千秋尚凛然。势分三足鼎，业复五铢钱。得相能开国，生儿不象贤。凄凉蜀故妓，来舞魏宫前。

首联“天地英雄”四字暗用曹操对刘备语：“今天下英雄，惟使君与操耳”（《三国志·蜀书·先主传》）。刘禹锡仅添一“气”字，便有庙堂气象，故清纪昀评曰：“起二句确是先主庙，妙似不用事者。”颔联“三足鼎”指刘备三顾茅庐于隆中，诸葛亮为其分析当时天下形势，策划“蜀、魏、吴三足鼎立”事。“势分三足鼎”，也可认为化用了孙楚《为石仲容与孙皓书》中语：“自谓三分鼎足之势，可与泰山共相终始。”“五铢钱”乃汉武帝所铸之钱，代指汉。此诗题下诗人自注：“汉末谣：‘黄牛白腹，五铢当复’。”此处借钱币暗喻刘备振兴汉室的勃勃雄心。“业复五铢钱”化用此民谣之语。这两个典故与蜀先主密切相关，诗人善加剪裁，以“势分”“业复”神运笔融，既扣合了刘备于汉末乱世艰难转战建立蜀国的功业事实，又寓有对刘备力图进取中原、复兴汉室的英雄志业的肯定，切中题旨，承接首联。颈联上句“得相能开国”，赞刘备任贤择相而得建国；下句“生儿不象贤”，则叹其短于教育、子嗣愚昧昏聩，以致葬送基业。

此联说人事，创业难，守成更难；并启下联，脉络清晰。尾联感叹后主的不肖，据《三国志·蜀书·后主传》裴松之注引《汉晋春秋》载：刘禅降魏后，被迁到洛阳，封为安乐县公，“司马文王（昭）与禅宴，为之作故蜀技（伎）。旁人皆为之感怆，而禅喜笑自若”。尾联两句化用刘禅乐不思蜀而旁人为其感慨的典故，渗透着诗人的无限嗟叹。蜀先主庙原建在夔州（治所在今重庆市奉节县东）白帝山上。刘禹锡曾于唐穆宗长庆元年（821）至四年（824）间任夔州刺史，此诗当作于此时。诗人咏史怀古，意在当世。在德盛与业衰的鲜明对比中，道出古今兴亡的深刻教训，用以垂戒当世。该诗浓缩三国古事，用事无迹，措辞精警凝炼，沉着超迈，富有感染力，千百年来一直为人传诵不息，可谓使用事典的范例。

（二）借用成言

借用成言就是引用有来历和出处的词句来列证取义。成言往往指往昔圣贤的言辞，或者经典里的语词。

杜甫七言律诗《奉和贾至舍人早朝大明宫》：

五夜漏声催晓箭，九重春色醉仙桃。旌旗日暖龙蛇动，宫殿风微燕雀高。朝罢香烟携满袖，诗成珠玉在挥毫。欲知世掌丝纶美，池上于今有凤毛。

此诗首联写“早朝”时间飞快和宫里景色醉人；颔联写朝见时的仪仗和宫中的自然景观与气氛，字里行间洋溢着一派冲融和悦的春天气息；颈联写贾至儒雅风流，备受君主恩宠；尾联赞扬贾至继承乃父才华并同有政绩。该诗尾联用了两个典故。“丝纶”，指帝王的诏书，语出《礼记·缁衣》：“王言如丝，其出如纶。”孔颖达疏：“王言初出，微细如丝，及其出行于外，言更渐大，如似纶也。”后称帝王诏书为“丝纶”。中书省是帝王颁发诏书的地方，因称“丝纶阁”。贾至父子相继担任中书舍人，掌管拟诏敕，故称“世掌”。“丝纶美”典出唐肃宗的赞誉。唐肃宗曾对贾至说：“昔先天诰命，乃父为之辞，今兹命册，又尔为之，两朝盛典出卿家父子手，可谓继美矣。”“池上于今有凤毛”里“池”指凤凰池，即中书省；“凤毛”指凤毛麟角。此处以语典赞贾至不亚其父，典出《南史·谢超宗传》：南朝时梁武帝有“超宗殊有凤毛”之语，称赞谢超宗继承乃父谢凤特有的文章风格和出众才华。尾联两句用典，称颂其家世的文采和父子两代执掌朝廷起草诏命职务的荣耀。该诗作于唐肃宗乾元元年（758）春天，当时杜甫在门下省为左拾遗，与诗人贾至、王维、岑参为同僚。时为中书舍人的贾至先作了一首《早朝大明宫呈两省僚友》，杜甫和王维、岑参都作了和诗，杜甫之和诗即为此诗。作为同僚唱酬之作，格调平正典雅，并且不乏歌功颂德、点缀升平的意味。该诗在艺术上格法严谨，脉络分明，既写事实，又恰当运用成言典故，既体现了杜甫诗歌“清词丽句”的特色，又有与众不同的挺拔之姿和雄健之气。清黄生《杜诗说》中有“……一结用事，天然凑泊，语更绸挚，故当推为擅场”之语，所言者是也。

又苏轼《过永乐文长老已卒》诗：

> 初惊鹤瘦不可识，旋觉云归无处寻。三过门间老病死，一弹指顷去来今。存亡惯见浑无泪，乡井难忘尚有心。欲向钱塘访圆泽，葛洪川畔待秋深。

此诗颔联“三过门间老病死，一弹指顷去来今”，援引佛教语“老病死”“一弹指”“去来今”入诗，以语典形成巧对，构思工整，浑然天成。佛家以“生老病死”为四苦、以“一弹指”喻时间极短暂、以“去来今”指称三世。诗人借佛语既感慨世事无常，又扣合永乐（今在浙江嘉兴）报本禅院住持文及长老的身份和学识而寓有解脱意，后续“存亡惯见浑无泪”，为尾联表达的“来世因缘”做了铺垫。尾联用事典，出唐人袁郊《甘泽谣》载洛阳惠林寺僧圆观与李源友善事：圆观曾与李源相约，卒后十二年，在杭州天竺寺相见。十二年后，李源如约来到寺前，听一牧童口中歌：“三生石上旧精魂，赏月吟风不要论。惭愧情人远相访，此身虽异性常存。”苏轼以圆泽比文长老，赞美他道行高；又以好神仙导养之术的葛洪自比，希望能长生而赴前缘未尽之约，以“待秋深”寄予思念之情，用典极贴切。本诗语典事典兼用，为苏轼诗用典之楷范。

二　格律诗用典的效用

（一）经济词句，丰富内涵

诗分古体诗、近体诗。所谓近体诗，就是格律诗。格律诗于唐初定型，形成了一整套的基本规则，其中就有篇制的限定。格律诗分五言律诗和七言律诗，各八句，五言律诗四十字，七言律诗五十六字。凡用格律诗的写法作诗，仅有四句的被称为绝句，常见的是五言绝句和七言绝句（按：唐人也有少量的六言绝句），超过八句的称排律，有五言排律与七言排律。相比较其他诗体而言，除了有格律限制之外，格律诗的局限就在于字句有定、篇幅有限，这与内容的丰富表达形成一个矛盾。而用典恰好可以纳成言旧事入诗，可以取得经济词句、丰富内涵的功效。

杜甫《秋兴八首》（其五）：

蓬莱宫阙对南山，承露金茎霄汉间。西望瑶池降王母，东来紫气满函关。云移雉尾开宫扇，日绕龙鳞识圣颜。一卧沧江惊岁晚，几回青琐点朝班。

此诗前四句镶嵌其中的名词有宫殿蓬莱、景物瑶池、地名函关、建筑物承露盘等，这些词语连带出许多典故，借用汉武帝求长生、周穆王游昆仑、西王母宴瑶池、老子入函谷关等历史故事和传说，以汉指唐，虚虚实实地将帝都长安城的地理形势之恢廓、宫殿建筑之宏伟的盛世景象用道家文化和神话传说烘托而出。正如杨恩成先生在《杜甫的人生历程与诗歌创作》中说，这些历史故事和传说“和大唐盛世基本上没有多少直接的联系，却有一种文化观念上的一脉传承的内在联系。而且在这四句诗中，明显地充满了神仙与道家文化色彩。这是中国盛世文化的明显表征”。此四句“是杜甫站在历史文化的制高点上，既写了京城长安的宏伟壮丽，又显示了长安所包含的深厚的文化底蕴”[①]。后四句先借“云移雉尾”的宫廷羽扇和“日绕龙鳞”的皇帝龙袍回忆自己在长安参见皇上之威严肃穆的早朝仪式。而后尾联的笔触由暮秋而卧病夔州的诗人之“惊”叹感伤，落在对京都长安宫阙和朝仪的想望之内，对比中抒发了浓重的今昔之感。诗人利用有限之文字，将所欲表达之意念，呈现在读者眼前。尤其是前四句的用典可谓语词经济而内涵丰富。正是因为前四句的盛世回忆，整首诗所表达的国运盛衰、人生浮沉的感伤才得以凸显。格律诗短小，用字须经济，简短的词语可以容纳丰富的典故信息和作者要表达的内容，“辞约而旨丰，事近而喻远”，正是用典的主要目的之一。

（二）援古证今，引发联想

援古证今，从而引发读者的联想，以表达丰富的内涵，是用典的又一主要效用。咏史诗多属此类。

李商隐《咏史二首》（其二）：

---

① 杨恩成：《唐诗说稿》，商务印书馆2013年版，第229—231页。

历览前贤国与家，成由勤俭破由奢。何须琥珀方为枕，岂得真珠始是车。远去不逢青海马，力穷难拔蜀山蛇。几人曾预南薰曲，终古苍梧哭翠华。

该诗颔联上句用“琥珀枕”典，下句用“珍珠车”典。前者据沈约《宋书》载：南朝宋武帝时宁州献琥珀枕，时北征需琥珀治金疮，即命捣碎分付诸将，为战士治伤。后者据《史记·田敬仲完世家》载：魏惠王向齐威王夸耀他有“径寸之珠，照车前后各十二乘者十枚”，齐威王说自己所珍视的是贤臣，“将以照千里，岂特十二乘哉”！援引这两个典故对首联“历览前贤国与家，成由勤俭破由奢”所述家国成败的关键因素加以印证。颈联亦用二典：“青海马”典出《隋书·西域传·吐谷浑》：“青海周回千余里，中有小山，其俗至冬辄放牝马于其上，言得龙种。吐谷浑尝得波斯草马，放入海，因生骢驹，能日行千里，故时称青海骢焉。”此处喻指可任军国大事的贤才。“蜀山蛇”典出《艺文类聚》引《蜀王本纪》，其中记载秦惠王嫁五美女给蜀王，蜀王派五壮士迎接。归途过梓潼，见大蛇入山洞，五壮士力拔蛇尾，山崩，壮士与美女均被压死。此处以“蜀山蛇”喻盘踞在朝廷与地方的恶势力，如宦官、藩镇等。颈联用此二典援古证今，以吊唐文宗空有雄心壮志，却被家奴辖制，终有志无伸，抑郁而亡。

其实该诗除了中间两联有较明显的用典，首联尾联亦各暗藏典故，只是不着痕迹而已。首联藏《韩非子·十过》所载上卿由余“臣尝得闻之矣，常以俭得之，以奢失之”的语典。尾联藏《礼记·乐记》“昔者舜作五弦之琴以歌南风”的事典。“苍梧”典出《礼记·檀弓》“舜葬于苍梧之野”，乃由前一联顺势而伤国家衰败，不复尧舜之风矣。

义山此篇作于开成五年（840）正月唐文宗逝世后，实系伤悼唐文宗之作。诗人根据历史兴亡的史实，表达了以古鉴今的态度，包含着深刻的用意。此诗还揭示了“历览前贤国与家，成由勤俭破由奢”的道理，并借题寄慨，委婉地抒发了自己怀才不遇的苦闷，实为用典的行家里手。

（三）含蓄隐微，曲达心意

或惮于政治环境之险恶，或虑及人格尊严之维护，或念及人际关系之疏密，因各种缘由，诗人总有不便直说的想法与情感，而用典则可隐微含蓄、曲达心意。此可谓“据事以类义”也。

王昌龄《答武陵太守》：

仗剑行千里，微躯感一言。曾为大梁客，不负信陵恩。

此五绝是作者离开武陵（今湖南省常德）时太守设筵相送而酬谢之作。借用战国时魏国门客效力信陵君的典故，曲折表达了对武陵太守的感激和忠心之意。大梁是魏国的都城，大梁客指信陵君的门客。诗人以大梁门客侯赢自比，以养客三千、礼贤下士的信陵君暗比武陵太守。此诗是辞别答谢之作，表达不负主人知遇之恩并愿为之继续效力之意。这样的心意对文人而言不宜表达得太过直白，唯引经据典委婉吐露，既可避免轻浮空泛，又不失诚意与体面，自然是恰切又妥当的了。

南宋谢枋得《桃》（《四库全书》本作《庆全庵桃花》）：

寻得桃源好避秦，桃红又是一年春。花飞莫遣随流水，怕有渔郎来问津。

“桃源”即桃花源，这里喻指庆全庵，借以指代宋亡后诗人隐居建阳的居所。该诗首句借桃花源之典，点明自己找了块与世隔绝的地方隐居，目的是躲避新朝。作者自比躲避秦末暴政的人物，万事不关心，时间概念模糊，只有桃花盛开，方知又是一年春来到。这两句虽平易自然，实隐含着诗人国破家亡不得不避居的伤心隐情。结句说花儿凋谢后千万不要随流水淌出，恐怕渔郎看见了会到这里来寻访。这是借陶渊明《桃花源记》的故事，结合自己逃难的现状，表达了避世的想法，同时也含蓄表示与新朝的决绝。谢枋得（1226—1289），南宋进士，江西信州弋阳人。学通六经百家，忠义爽直。南宋灭亡后，于浙赣交界一带抗击元兵，以江东提刑、江西招谕使知信州。失守后隐居建阳，变易姓名，素服以志国哀，卖卜论学十二年。后受举荐，被迫北上大都，绝食而死，实现了自己与新朝誓不两立之志。此诗作于建阳隐居之所，据事类义，衷心曲达，实乃隐微含蓄之杰作。

（四）对仗齐整，形式典雅

格律诗的用字在声调安排上分平仄两大类，其中阴平和阳平调属平声，上、去、入三调为仄声。具体运用的简要规则是：一句之内，平仄相间；两句之间，平仄相对；两联之间，平仄相粘。另外就是，律诗在词性结构上要求中间两联应该对仗，或又不拘于只在中间对仗，其他两联对仗亦可。这是近体诗最基本的要求。基于此，律诗在组织颔联和颈联或其他对仗句时用典较常见，以求对仗工整、声调和谐、结构谨严，从而展现格律诗的形式美与铺排美。

杜甫《秋兴八首》（其三）：

> 千家山郭静朝晖，日日江楼坐翠微。信宿渔人还泛泛，清秋燕子故飞飞。匡衡抗疏功名薄，刘向传经心事违。同学少年多不贱，五陵衣马自轻肥。

此诗在颈联以匡衡、刘向自比，感叹其志向远大却又理想落空，借历史人物典将志之宏阔与伤之深重对仗工整地表达出来，亦解答了何以对朝晖翠微不自适，观渔人泛泛、燕子飞飞却“故”意的牵怨。因中间两联已对仗，故而第七句的现实陈述不用典，句子略有跳脱，至尾句“五陵衣马自轻肥”又用典，以汉长陵、安陵、阳陵、茂陵、平陵五陵指代富贵显赫人家。五陵少年多指纨绔子弟，他们的“衣轻裘，乘肥马”与作者自身的落魄形成鲜明对比，由当下之场景向历史延展，从而用多元空间丰富了诗意。

李商隐《潭州》：

潭州官舍暮楼空，今古无端入望中。湘泪浅深滋竹色，楚歌重叠怨兰丛。陶公战舰空滩雨，贾傅承尘破庙风。目断故园人不至，松醪一醉与谁同。

这首讽喻诗作于大中二年（848）五月诗人由桂林北返途中。中间两联四句均用典，文辞妍丽，声调和谐，对仗工整，结构谨严。诗中“湘泪”一词，用的是《述异记》里舜帝南巡死于苍梧，舜妃娥皇女英伤心恸哭，泪下沾竹而竹色尽斑的故事。“楚歌”一句，则借用了屈原“兰芷变而不芳兮”“芳不得薄兮”的典故。“陶公”句，借当年陶侃战功显赫，暗讽当今之弃贤不用。“贾傅”句，借贾谊祠中蛛网尘封、风雨侵凌之景，寓现实之人才埋没。此四句用典切合潭州之地，典中状况与诗人当下之情景，融成一体，益觉凝练警策，用典雅致，富有书卷气息。与前文所举刘禹锡《蜀先主庙》中间两联“势分三足鼎，业复五铢钱。得相能开国，生儿不象贤”一样，既有外形之美，又有内涵之丰。两诗皆形式严整，寓意典雅，读来铺排整饬，铿锵有力，不可谓用典无功也。

三　格律诗用典的方法

格律诗用典的方法，前人多有论述。古有元人陈绎曾“九法”说、明人费经虞“五法”说、明人高琦“十四法”说等，近人论说更是众说纷纭，不一而足。无非各自依据不同标准而各有分类而已。简单说来，格律诗的用典从取意角度看，有正用、反用；从述典方式看，有明用、暗用、化用。兹就此五种举例述之。

（一）正用

明人费经虞《雅伦》曰：“正用者，故事与题事相同是也。”所谓正用，指作者使用典故本身的意义与在诗文中想要表达的意义一致。

王维《田园乐》（其五），是一首六言诗：

> 山下孤烟远村，天边独树高原。一瓢颜回陋巷，五柳先生对门。

此为作者退隐辋川时所作。前两句以相近的语句格式勾画出一幅景象：山下——孤烟远村，天边——独树高原。“山下”“天边”由近及远，“孤烟远村”高低错落，“独树高原”点面经营，凝练精致，画面感极强，正应了苏东坡“味摩诘之诗，诗中有画”的评语。后两句，句式又有变化：“一瓢颜回陋巷，五柳先生对门。”生活在颜回那样简陋、艰苦的环境中，与陶潜那样与世无争的高士为邻。视野逐渐收缩、聚合，从远及近，由大至小，从山下、天边回到了一个“陋巷”，然后又聚焦在陋巷中具体的住址——五柳先生对门。此诗用典明显，且为多数读书人熟知的典故。“陋巷”来自《论语》“一箪食，一瓢饮，在陋巷。人不堪其忧，回也不改其乐。贤哉回也”。由此可联想到诗人具有像颜回一样的品格。“五柳先生”，指陶渊明，来自他的《五柳先生传》。该文中有非常著名的五“不”：“闲静少言，不慕荣利”，“好读书，不求甚解”，“性嗜酒，家贫不能常得”，“既醉而退，曾不吝情去留”，“环堵萧然，不蔽风日”。这五个“不”，形象地展示出寒士身处困境却萧然洒脱的情状。本诗用此典也传达出作者节操之高洁。此诗前两句写景，后两句借典故表现诗人的兴趣、生活和品格，内涵极其丰富，其中既有画面的叠加，又有意义的延展，确实能达到“加强物象的独立性、视觉性及空间的玩味”[1] 的效果。由此可看出王维写辋川山居的景致，其意当不在山水，而在于借山水抒怀明志。此诗恰恰借助典故而抒写出来了此种诗意。当然这种娴静的心境，非思想修养达到相当高度而不可为之。此诗用典从取意角度而言是正面正向的，故谓正用。

（二）反用

由于各种原因，有时候作诗需迂回曲折，以避免过分直白。用典便可达成此愿，尤其是反用典故，更能收到宛曲其意、控纵顿挫、一波三折的效果。此明人高琦《文章一贯》所谓“引故事，反其意而用之”。

李商隐《梦泽》：

梦泽悲风动白茅，楚王葬尽满城娇。未知歌舞能多少？虚减宫厨为细腰。

此诗是李商隐于宣宗大中二年（848）由桂州北归途经梦泽而作。诗人看到荒茅在悲风中颤动的肃杀凄凉景象，不由得与昔日楚宫轻歌曼舞的盛况相对比，遂感慨而写下此诗。在使用“楚王好细腰，宫中多饿死”的典故

① 叶维廉：《叶维廉文集》第三卷，安徽教育出版社2002年版，第100页。

时，用“满城”“葬尽”诸语将君王癖好带来的惨祸做了充分表达，并特别以“未知”“虚减”点明反用典故，对那些受时尚风潮影响而盲目追随却不明其所以然的宫女，既有讽刺亦有同情，收到了令人警醒和反思的奇效。姚培谦在《李义山诗笺注》里痛谓：“普天下揣摩逢世才人，读此同声一哭矣。”可见，此诗已超越了单纯讽刺宫女的目的，而具备了一种批评现实的普遍意义。此诗间接地表达了对居上位者的德行与喜好的思考和忧虑。李商隐此诗“使事而不为事使”，在构思和结构上将典故活用，反意而用之，曲折层进地传达出丰厚的内涵，不愧为大家手笔。

李商隐的《贾生》也同样是改造原典、活用典故的典型：

> 宣室求贤访逐臣，贾生才调更无伦；可怜夜半虚前席，不问苍生问鬼神。

诗人借汉文帝与贾谊宣室夜谈的典故，反意用之，含蓄地表达出对晚唐帝王重鬼神轻民生的忧虑和文士自身才华不得施展的感伤。这种翻新出奇活用典故的现象，非具有独特构思与手段而不能为，正如宋严有翼《艺苑雌黄》所云：“文人用故事，有直用其事者，有反其意而用之者……直用其事者，人皆能之；反其意而用之者，非学业高人，超越寻常拘挛之见，不规规然蹈袭前人陈迹者，何以臻此?"[1] 信然。

（三）明用

明用就是显明地使用典故。

陆游《邻水延福寺早行》：

> 化蝶方酣枕，闻鸡又著鞭。乱山徐吐日，积水远生烟。淹泊真衰矣，登临独惘然。桃花应笑客，无酒到愁边。

首联上句用"庄周梦蝶"典，不赘述。下句连缀使用"闻鸡"与"著鞭"典。"闻鸡"典出《晋书·祖逖传》："中夜闻荒鸡鸣，蹴琨觉，曰：'此非恶声也。'因起舞。""著鞭"典出《晋书·刘琨传》："（刘琨）与范阳祖逖为友，闻逖被用，与亲故书曰：'吾枕戈待旦，志枭逆虏，常恐祖生先吾著鞭。'"常用以勉人努力进取。据史料记载，南宋乾道八年（1172），陆游应四川宣抚使司王炎

① （宋）严有翼：《艺苑雌黄》，参见（宋）胡仔《苕溪渔隐丛话》（后集）卷第十九，北京图书馆出版社 2006 年版，第 3 页。

邀请，前往抗金前线南郑，协助王炎管理军务。于是，陆游经长江水路进入四川夔州、万州等地，其后曾通判蜀州，知嘉州、荣州，沿途以诗歌记述其行迹。淳熙二年（1175），范成大帅蜀，命陆游为成都路安抚司参议官。在朝廷主和派的打压下，到南郑不足一年，被弹劾降职后罢职。陆游因报国无门，便借诗酒以颓放，自号放翁。《邻水延福寺早行》当于南宋乾道八年至淳熙三年期间（1172—1176），陆游第一次经过邻水县所作。诗以明用“化蝶”“闻鸡”“著鞭”等典故，将志在恢复中原的祖逖、刘琨引为同道，表达了杀敌报国北定中原的梦想，与壮志难酬愿望落空后怅惘复杂的心情。显然，该诗借古言今，正是明用典故的范例。

（四）暗用

暗用就是“用古事古论，暗藏其中，若出诸己”（高琦《文章一贯》），“以不露痕迹为高”（王士禛《池北偶谈》）。

李白《与史郎中钦听黄鹤楼上吹笛》（又作《黄鹤楼闻笛》）：

一为迁客去长沙，西望长安不见家。黄鹤楼中吹玉笛，江城五月落梅花。

李白于乾元元年（758）因受永王李璘事件牵连流放夜郎（今贵州桐梓一带），途经武昌登黄鹤楼，遂作此诗。首句暗用西汉贾谊受谗贬官长沙的典故以自喻，表达被贬后内心的悲怆与愤懑，但仍然有对国事的关切和朝廷的眷恋，所以第二句禁不住“西望长安”，可是路程迢迢、望而未果，“不见家”的落寞凄凉油然而生。黄鹤楼上有人吹奏《梅花落》的笛声，恰与此时此地的冷落诗心相合；入耳的笛声幻化成了纷纷飘落的梅花景观，诗人借助高超的文字艺术使我们惊叹这份于江城初夏时节里经受冷落的凛然寒意，也似乎使我们嗅到了清幽的梅香。此诗后两句，既暗用语典，又使用通感。以景物“落梅花”暗易笛曲《梅花落》，巧妙用典，化名词为动词，由抽象而具象，从笛声悠扬的听觉转向梅花飘落的视觉，用典与通感交织，画面苍凉，情景相生，妙合无垠。正如清沈德潜所评：“七言绝句以语近情遥、含吐不露为贵，只眼前景，口头语，而有弦外音，使人神远，太白有焉。”[①] 此说正合此诗。

① （清）沈德潜：《唐诗别裁集》卷二十，中华书局 1975 年版，第 265 页。

朱熹《春日》：

胜日寻芳泗水滨，无边光景一时新。等闲识得东风面，万紫千红总是春。

此诗可作多层次的阅读理解，主要源于诗人高超的语言驾驭能力和暗用典故的技巧。人们一般认为这是一首咏春诗。从诗面来看，首句写在晴朗的天气里到泗水之畔寻芳，点明了“春日”主题。随后三句写“寻芳”之所见所得。次句“无边光景一时新”写初步印象：有触目“无边”的开阔视野，有“一时新”的春回大地，在自然景物焕然一新中写出了作者郊游时耳目一新的喜悦感触。第三句“等闲识得东风面”中的“识”字承首句中的“寻”字，以示“寻芳”收获。第四句“万紫千红总是春”是对“寻芳”的总结，前后照应，完美无缺。但细究这首字面上只写游春观感的诗似乎另藏深意。寻芳的地点是泗水之滨，而此地在南宋时已被金人侵占；朱熹当时未曾北上，当然不可能在泗水之滨游春吟赏。显然，泗水之滨是个假托。因为洙水、泗水曾是孔子聚徒讲学、弦歌不断的地方，后世常以之指代孔儒风雅的典故。原来，诗中的“泗水”暗指孔门，所谓“寻芳”亦是指寻求圣人之道！看来诗人将圣人之道比作催发生机、苏醒万物的“东风”，以“万紫千红”比喻孔学的丰富多彩和圣人的博大精深。这才是本诗的“真实义”！毫无疑问，本诗暗用了典故，却无斧凿痕迹，洵非高手所不能为也。

（五）化用

化者，变化也，融化也。化用典故就是将原典融化于诗文之中，模糊或者去除了原典与诗文之间的界限，甚至相互交融，“以不露痕迹为高，昔人所谓使事如不使也，读之使人不觉”[①]。刘勰《文心雕龙·事类篇》所谓“观夫屈宋属篇，号依诗人，虽引古事，而莫取旧辞”，正是此意。

刘禹锡《酬乐天扬州初逢席上见赠》：

巴山楚水凄凉地，二十三年弃置身。怀旧空吟闻笛赋，到乡翻似烂柯人。沉舟侧畔千帆过，病树前头万木春。今日听君歌一曲，暂凭杯酒长精神。

① （清）顾嗣立：《寒厅诗话》，参见（清）丁福保《清诗话》，上海古籍出版社1999年版，第84页。

此诗是作者于敬宗宝历二年（826）冬，罢和州刺史后回归洛阳，途经扬州，与罢苏州刺史后也回归洛阳的白居易相会时所作。白居易在《醉赠刘二十八使君》中称赞了刘禹锡的才华，对其贬官二十三年的坎坷遭遇表示了极度不平和无限感慨，抒发了同病相怜之情，也批判了不珍视甚至戕害人才的统治阶层。白诗云："为我引杯添酒饮，与君把箸击盘歌。诗称国手徒为尔，命压人头不奈何。举眼风光长寂寞，满朝官职独蹉跎。亦知合被才名折，二十三年折太多。"刘诗正是对此诗的酬答之作。

刘禹锡此诗颔联"怀旧空吟闻笛赋，到乡翻似烂柯人"用了两个典故。"闻笛赋"句化用西晋向秀《思旧赋》典。三国曹魏末年，向秀的朋友嵇康、吕安因不满司马氏篡权而被杀害。后向秀过嵇康旧居，听到邻人吹笛，不禁悲从中来，写《思旧赋》以追念友人，凄楚而感伤。刘禹锡与柳宗元的关系尤好，曾感叹二人是"二十年来万事同"。可是元和十四年（819），47 岁的柳宗元已经作古，如今只剩下自己一人回朝。刘借用这个典故怀念已去世的柳宗元、王叔文等故友，着"空吟"二字以表达感伤之情和对政治迫害的不满。"烂柯人"句化用南朝梁任昉《述异记》虚构的"王质烂柯"的典故。

传晋人王质上山砍柴，见两童子下棋，便驻足观看。等棋局终了，手中的斧柄已经朽烂。回到村里，才知人世已过百年，同代人皆已亡故。作者以此典故既暗示了自己贬谪时间的长久，又表现了世态的变迁，以及回归之后生疏而怅惘的心情，含义十分丰富。正是有此联的铺垫，才使颈联“沉舟侧畔千帆过，病树前头万木春”读来跌宕起伏，在沉郁困厄中得见豁达豪放的襟怀。这样将诗情、画意、哲理熔为一炉而明朗劲健、形象隽永的诗句被后人广为传诵，就不足为奇了。

此诗用典即为化用，达到了事如己出、浑然无迹的境界，一如王世懋《艺圃撷余》所云：“善使故事者，勿为故事所使，如禅家云：‘转法华，勿为法华转。’”[①]

格律诗用典的方式还有别种的分类，如直接引用原典文字、间接引用原典文字、引用原典篇章名称、变化原典文字组合、改写词句、取用部分原典文字及原典词义，又如句句用典、一句多典、多句一典等，诸种说法太过繁琐，不予申说。

---

① （明）王世懋：《艺圃撷余》，参见（清）何文焕、丁福保编《历代诗话统编》（一），北京图书馆出版社 2003 年版，第 501 页。

四 格律诗用典的禁忌

（一）用典忌生僻晦涩

沈约有言："文章当从三易：易见事也，易识字也，易读诵也。"这应该仍然是我们创作遵循的原则，用典自然也不例外。袁枚《随园诗话》云："用僻典如请生客入座，必须问名探姓，令人生厌……当以为戒。"① 所言极为精辟。

一些学问很好的人，偶尔自我得意，难免就有逞才而略嫌乖隔之作。如苏轼古诗《雪后书北台壁二首》（其一）"冻合玉楼寒起粟，光摇银海眩生花"中的"玉楼"和"银海"对仗工整，字面美观，但是属于比较生僻的用典，令人费解。此处"玉楼"指肩，"银海"指眼睛，分别出自道教典籍和医书，这样的用典可能会制造阅读障碍，为一般读者所不解。本来作者想表达的意思是"下雪寒冷冻得两肩收缩，起了鸡皮疙瘩；雪地所反射的光太耀眼，照得双眼发花"。"玉楼""银海"虽

① （清）袁枚：《随园诗话》卷七，汉京图书公司1984年版，第235页。

运用得当，但太过生僻，普通读者难免不知所云。

宋代西昆诗派、江西诗派效法杜甫、李义山，却因才情不逮、疏离社会而受人诟病，原因之一就是好用生僻典故。当然，诗至唐代极盛之后，宋人广用典故、务求出新的追求可以理解，但是仍需慎用生僻典故。后人对黄庭坚的用典就有不同的评价，褒贬不一。其《和答钱穆父咏猩猩毛笔》一诗借咏猩猩毛笔来说明为人处世应该有利于社会，不应像杨朱一样自私狭隘。诗云：

> 爱酒醉魂在，能言机事疏。平生几两屐，身后五车书。物色看王会，勋劳在石渠。拔毛能济世，端为谢杨朱。

此诗可谓“无一字无来处”，八句用了八典。首句“爱酒”典出东晋常璩的《华阳国志》：猩猩爱喝酒，又爱穿屐，猎人们投其所好，把酒和屐放在路上来诱捕它们。第二句中的“能言”典出《礼记·曲礼上》：“猩猩能言，不离禽兽。”“机事”指机密的事情，出自《周易·系辞上》曰：“几事不密则害成。”几、机相通。两句表达的意思是猩猩贪酒所以容易被诱惑，猩猩能言所以事情不机密。此两句总写猩猩丧生的原因。第三句中的“两屐”典出《晋书·阮孚传》：阮孚很爱屐，常亲自制作。他曾叹息说：“未知一生能著几两屐。”第四句中的“五车书”典出《庄子·天下》：“惠施多方，其书五车。”此两句说猩猩纵使爱屐如命，到头来又能穿多少双呢？但猩猩死后，用它的毛制成的毛笔，却能著书五车。第五句“物色看王会”典出《逸周书·王会篇》，其中记述了周成王成周之会的盛况及当时各方国的贡献情况，其中有东北古国，这里借以点出毛笔来自外国（高丽）。第六句“石渠”指汉代皇家图书馆。班固《西都赋》：“天禄、石渠，典籍之府。”“勋劳”指毛笔的功劳。两句意为猩猩毛笔来自遥远的异域，它的功勋在于有助于人们著书立言。尾联两句反“杨朱”典而用之。杨朱，战国时期道家杨朱学派的创始人，主张“贵己”“重生”“人人不损一毫”。末两句借猩猩拔出的毛能制笔的事典，赞钱穆父以此立言立功、发挥济世功用，而不像杨朱，“拔一毛而利天下，不为也”（《孟子》）。诗人从猩猩及毛笔想到生命的价值和意义，体现了对人之生命价值的追寻和思考。这是因小见大的写法。黄山谷善于把故实剪裁到诗里，以表现新的内容，此正所谓“取古人之陈言入于翰墨”者。“平生”两句，被王士祯誉为“超脱而精切，一字不可移易”；末两句被纪昀评作“点化甚妙，笔有化工，可为咏物用事之法”。足见好评良多。但该诗除“五车书”“杨朱”之典故对一般读者而言较为熟悉外，其余典故的出处并不容易找到，因此读起来颇为费解。故金人王若虚《滹南诗话》批评山谷此诗“乃俗子谜也，何足为诗哉!”

无论是才高八斗的李商隐，还是学富五车的黄庭坚，皆因才富而广用生僻典故，结果制造了阅读的障碍。他们尚且为后人褒贬不一，学力不足的初学者则更应该慎而用之。

（二）用典忌堆砌支离

创作虽是个人化的表达，但最终仍然需要与读者进行交流。适当使用人所周知的典故，无疑能提高表达和交流的效果，但用典不宜堆砌支离，否则会凌乱芜杂，增加读者的阅读障碍或者厌倦情绪，从而影响传播效果，也违背了其创作初衷。

用典不忌多但忌堆砌，不忌曲（婉转曲折）但忌支离，关键在于切意，在于“得肯綮”。正如胡应麟《诗薮》所云：“用事患不得肯綮，得肯綮则一篇之中，八句皆用，一句之中，二字串用，亦何不可？婉转清空，了无痕迹，纵横变幻，莫测端倪。此全在神运笔融，犹斫轮甘苦，心手自知，难以言述。”①

李商隐《泪》：

> 永巷长年怨绮罗，离情终日思风波。湘江竹上痕无限，岘首碑前洒几多。人去紫台秋入塞，兵残楚帐夜闻歌。朝来灞水桥边问，未抵青袍送玉珂。

此诗以泪为主题，将人生命中悲伤洒泪的诸种情境聚合在一首诗里，八句言七事，好似“合类编事”，但并非简单堆砌，而是作者于“肯綮”之际用转化腾挪的高超手段处理的结晶。首句“永巷”典喻失宠之泪。据《三辅黄图》称：“永巷……宫中……长巷，幽闭宫女之有罪者。”《史记·吕后本纪》载“令永巷囚戚夫人”。“怨绮罗”即绮罗（代指宫人）之怨。次句写别离之泪。“思风波”既指居者思念行人，也指行人思念居者。第三句“湘江竹痕”喻伤逝之泪。《述异记》载：“昔舜南巡而葬于苍梧之野。尧之二女娥皇、女英追之不及，相与

① （明）胡应麟：《诗薮》，上海古籍出版社1979年版，第65页。

恸哭，泪下沾竹，竹文上为之斑斑然。”[①] 竹上斑痕指娥皇、女英二妃恸伤舜亡之泪。第四句“岘首碑”喻怀德之泪。据《晋书·羊祜传》载，西晋羊祜镇守襄阳，有惠政，死后百姓于岘山建庙立碑，岁时祭祀，望其碑者，无不落泪。第五句昭君远嫁典喻异域悲秋之泪。“紫台秋塞”用杜甫《咏怀古迹五首》（其三）“一去紫台连朔漠，独留青冢向黄昏”之意。“紫台”即紫宫、宫阙。第六句霸王败兵典喻英雄末路之泪。项羽被刘邦围在垓下，兵少食尽，夜闻汉军皆楚歌，悲歌泣泪。《史记·项羽本纪》与《汉书·项羽传》均有详载。此六事景况不同，性质迥异，而皆含“泪”。六事六泪，彼此之间，貌似互无干系，粗略看去，堆积典故而已。然而，只要认真读完最后一联，就会发觉并非如此。末两句之“灞水”，源出秦岭北麓，流经长安城东，故灞桥是出入长安之要路关口，唐人常以灞桥为饯行之地。“青袍”代指寒士。“玉珂”是马鞍上的玉饰，代指达官贵人。《西京杂记》载：“武帝时……长安始盛饰鞍马……皆以南海白蜃为珂。”第七句于“灞水桥”上“问”流水，巧妙转向末句“未抵青袍送玉珂”，深刻表达了贫

① （梁）任昉：《述异记》，中华民国元年鄂官书处重刊，第3页。

寒之士的隐忍之苦。作者以典故为博喻，用一个接一个的不同事件来铺叙生命中落泪的情境，表达了对生命状态的深层思考。最为重要的是，作者在对历史的理性梳理之后转向自己的切肤隐痛：青袍寒士迎送玉珂贵胄的百般屈辱。“未抵”二字可谓千钧之重，乃全诗转折之关键。意谓前六句所述伤心之泪，皆不及青袍送玉珂之泪感伤深重！此诗的构思异常新奇独特：前面六句都是铺垫，最后一联才是本旨，乃“肯綮”所在。正是由于末联一收，才把前面六事提挈起来，使它们都对末联起衬托作用。恰如程梦星所说：“此篇全用兴体，至结处一点正义便住。……八句凡七种泪，只结句一泪为切肤之痛……泪至于此，可谓至矣，极矣，无以加矣。然而坎坷失职之伤心，较之更有甚焉。故欲问之灞水桥边，凡落拓青袍者饯送显达，其刺心刺骨之泪，竟非以上六等之泪所可抵敌也。”[①] 李商隐密集用典，而能巧思运化于浑然一体，实不一般。

宋代以后由于刻书业的发展，文化典籍较秦汉、六朝和隋唐有了更为广泛的普及，这使宋人接触到了更加

① （清）朱鹤龄注，（清）程梦星重订：《李义山诗集笺注》（卷中），乾隆八年东柯草堂校刊本，第36页。

丰富的文化遗产，提高了文化修养，为宋人以才学作诗提供了更多的方便。但从创作角度而言，宋人却易犯堆砌典故的毛病。以西昆体的代表作家杨亿为例，其诗追求辞藻华丽，格律严整，深陷堆砌典故、炫耀学识的漩涡之中，其同题诗《泪》刻意模仿李商隐：

锦字梭停掩夜机，白头吟苦怨新知。谁闻垄水回肠后，更听巴猿拭袂时。汉殿微凉金屋闭，魏宫清晓玉壶欹。多情不待悲秋气，只是伤春鬓已丝。

诗中堆砌的典故晦僻且不说，六种“泪”与“伤春之泪”缺乏内在联系，不得“肯綮”，与李诗不可同日而语。

其实黄庭坚已经认识到了这个问题，他说：“凡作一文，皆须有宗有趣”，“老杜作诗，退之作文，无一字无来处……真能陶冶万物，虽取古人之陈言入于翰墨，如灵丹一粒，点铁成金也。”（《答洪驹父书》）“诗意无穷，而人之才有限，以有限之才，追无穷之意，虽渊明、少陵，不得工也。然不易其意而造其语，谓之换骨法；窥入其意而形容之，谓之夺胎法。”（黄庭坚语，引自宋惠洪《冷斋夜话》）其“点铁成金”“夺胎换骨”等诗歌理论，主张博览群书，方能融会贯通，运笔如神，而非局限于因袭古人，一味堆砌典故，可谓直击“使事太多”“合类编事”的软肋，实属明人之见。

钟嵘《诗品》曾言：“若乃经国文符，应资博古。撰德驳奏，宜穷往烈。至乎吟咏情性，亦何贵于用事?”钟嵘对章奏和诗歌在用典方面有不同的看法，认为“吟咏情性”的诗尤应避免“殆同书钞”的弊病。钟嵘的见解自有警示意义，提醒我们用典应该追求“水中着盐”[①]的境界。如果不能，毋宁不用。

另外，用典还忌生造、误解、妄改等毛病，盖非主流，不复赘言。

结　语

创作格律诗用不用典，用多用少，如何使用，是需要根据实际情况来选择的问题，是需要从读者和作者两重身份角度出发来审视的问题。一方面，从读者接受的

① 杜甫有论“作诗用事，要如禅家语‘水中着盐，饮水乃知盐味’”。引自（宋）魏庆之《诗人玉屑》卷七，王仲闻点校，中华书局2007年版，第204页。

角度来看，典故的通畅与否、平易与否，都是相对而言的事情，既取决于作者的文化功力与使用技巧，也取决于读者的知识学养。当今许多读者，不解寻常典故，乃是因为对古文诗词的学习积累不足。另一方面，从作者创作的角度而言，在情感哲理的表达和语言风格的表现手法上，不妨适当用典，非但可以使作品意蕴深厚，也可以增加作品的书卷气。现在很多人写格律诗，不是典故用得多，而是用得少，甚而根本没有典故，这显然是现代人的一大不足。当然，也有人一味用典而不得其门津，也是十分遗憾的事情。

学习和欣赏古典诗词的要求就不一样了，既要“通训诂”“明典故”“察背景”“考身世”，还要以“揆情度理”来统摄之。[①] 因为文学语言具有传承性，其中蕴含着丰富的文化信息。典故正是凝聚着丰富意蕴的艺术符号，其中积累、沉淀了古人的丰富感情和生命体验。读者应当争取以广博的学识，降低用典带来的阅读和理解障碍，达到与古圣先贤会心妙悟的境界，从而为丰富自己和传承优秀文化遗产做出贡献。

杜甫《壮游》有云：“举隅见烦费，引古惜兴亡。”

① 吴小如：《我是怎样讲析古典诗词的》，《文史知识》1986 年第 9 期。

古人为我们留下了丰厚的典故遗产，积极阅读和储备这些遗产是我们学习和创作的重要途径，我们要真正理解、掌握和娴熟地运用这些经典遗产，尚需更加赤诚的热情和更加努力的行动。

附录一

作者手迹

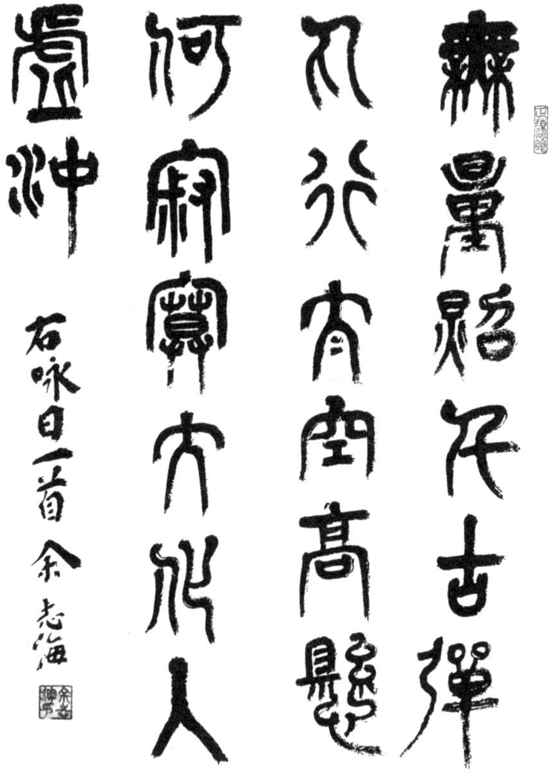

释文：无量照千古，弹丸行太空。高悬何寂寞，大化入虚冲。（咏日）

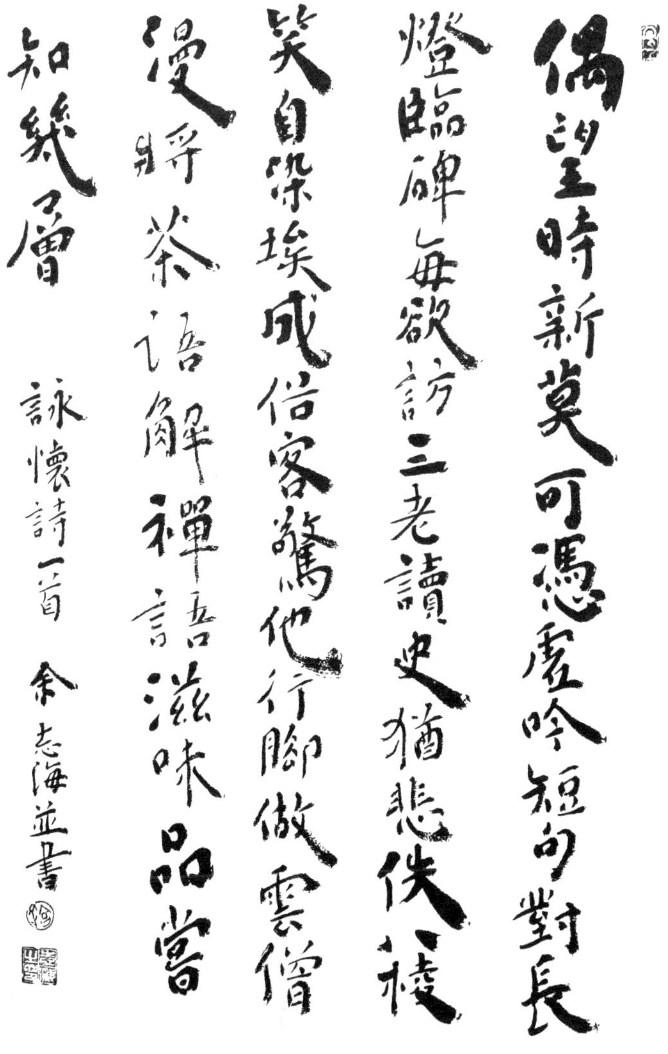

释文：偶望时新莫可凭，虚吟短句对长灯。临碑每欲访三老，读史犹悲佚八棱。笑自染埃成俗客，惊他行脚做云僧。漫将茶语解禅语，滋味品尝知几层（咏怀三首 其三）

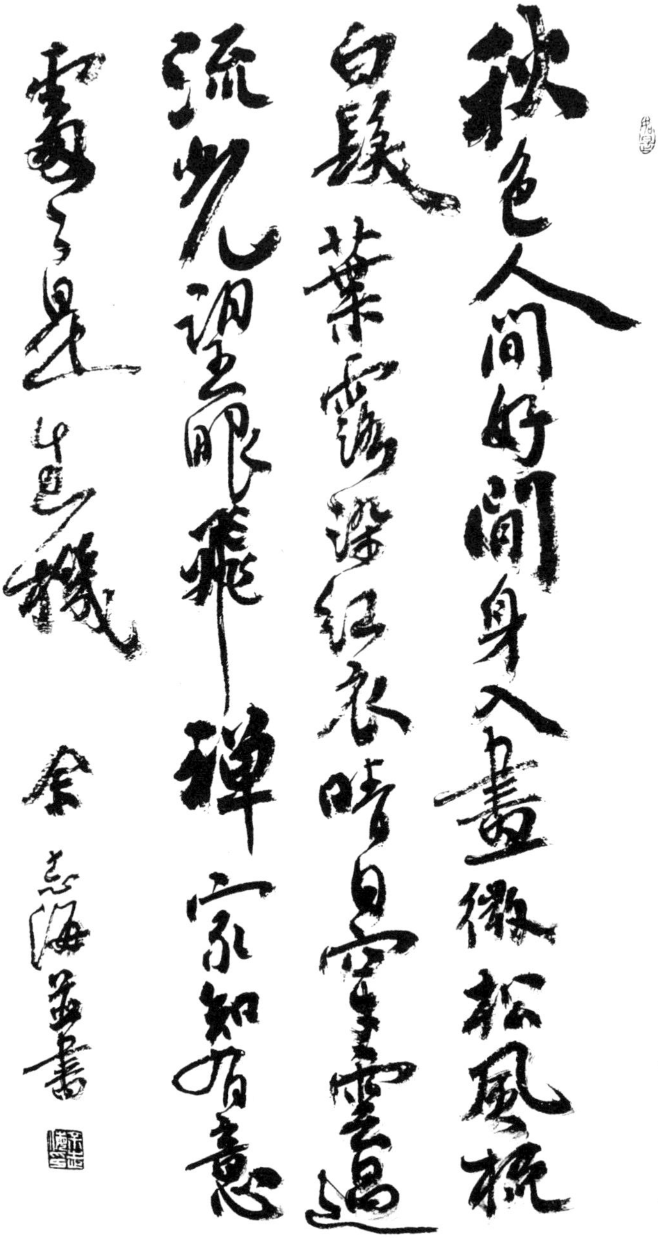

释文：秋色人间好，闲身入画微。松风梳白发，叶露染红衣。晴日穿云过，流光望眼飞。禅家知有意，处处是生机。（过宣州宝胜禅寺二首 其一）

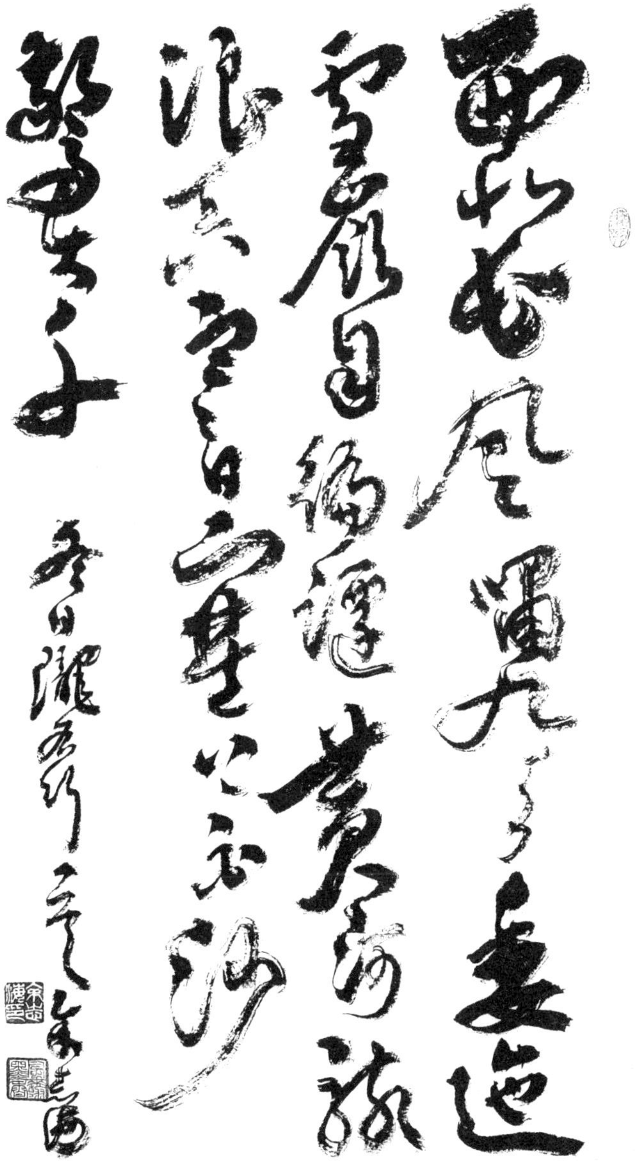

释文：西北长风啸九天，透迤雪岭自徧（蹁）跹。黄河弦浪吞寒日，塞上白沙惊大千。（冬日陇右行吟）

附录二

言不妄发　词不虚掷

——读余志海宝镌堂诗文有感

李永平

格律诗的写作，当以格律为先。就形式而言，除了字数、句数、押韵等要求外，最主要的还有平仄相对和对仗工整。诗人在此基础上进行创作，无异于“戴着镣铐跳舞”，其创作之复杂与不易可想而知。因此，能突破这重重束缚，将自己的所见所感诉诸笔端，表达丰富的思想内容，余志海的才情便无需赘言。

在中国传统诗歌创作中，“意象”的使用非

常重要。刘勰《文心雕龙·神思》就提到了“积学以储宝，酌理以富才，研阅以穷照，驯致以怿辞；然后使元解之宰，寻声律而定墨；独照之匠，窥意象而运斤：此盖驭文之首术，谋篇之大端”。《宝镌堂诗文钞》中一些意象的选取自有可圈可点之处。《飘絮》：“乱絮争浮荡，茫然若断魂。翻飞空有致，起落了无痕。朝就青苔巷，夕投金马门。随风飘不定，何处是归根?”这首诗就通过“飘絮”这样一个意象，反映了现代人面对碎片化、快餐化的世俗纷扰，内心的困惑和飘摇失根的怅惘。“朝就青苔巷，夕投金马门”让人不禁想起了杜甫“朝扣富儿门，暮随肥马尘”的无奈、无助与无力!

《晚秋》：“西风金马虏秋残，入目关山次第寒。雾脚茫茫莎色乱，霜声落落柿容丹。夕阳垂地识舟近，碧幕临江放眼宽。月出云开惊客晚，满天星斗又阑干。”这首诗通过“西风”“雾脚”“霜声”“夕阳”等密集的意象，像画家点厾几笔，感叹岁至深秋，岁月蹉跎，人事代谢的苍茫与失落。

《宝镌堂诗文钞》的诗歌风格亦富有特点。《端午节雨中吊屈原》："五月望归屈子魂，湘江苦雨落纷纷。竹编字字申无那，兰畹株株立不群。热泪洗枯千古恨，华章惊破九天云。滔滔白浪空悲咽，阵阵萧骚独吊君。"湘江苦雨，华章破云，颇有"乱石穿空，惊涛拍岸，卷起千堆雪""云树绕堤沙，怒涛卷霜雪"之感，悲苦萧瑟之情涤荡天地、沟通千古，隐忍而后喷发，哀恸而后独吊，情随景渐次生发，起承转合水到渠成，表达了对一代文宗屈原的悲悼之情。

《大散关》一诗，作者归入游览即景一类。原诗写道："崇山峻岭阻飞鸾，鬼斧神工辟险关。争战百回伤累累，铸盘千载锈斑斑。从来豹旅侵羸国，多少铁蹄蹂故山。魏主金宗今不在，风吹往事白云间。"诗歌先写大散关的险要，接着追忆大散关的历史典故，抒发了作者对大散关地理、历史的深沉思考，具有咏史诗沉郁顿挫的风格特点。

《雨中谒成都杜甫草堂》："几多甘苦几多狂，几个知音共苇航？舜日尧天宣大义，民胞物与荐悲肠。湘江碧浪讴忠骨，蜀巷青松荫草堂。细雨秋风连古道，子规声里沐遗芳。"诗歌本着同情与理解，抒发了对杜甫悲天悯人、民胞物与情怀的深沉敬意和怀念，可与杜甫的名作《蜀相》相对读。

有人说，由于古今语音发生了很大的变化，古人所创制的诗词格律，令许多喜好格律诗的今人很难掌握。其实，古典诗词创作知识的掌握并非难事。人们一般视为畏途的诗词平仄规律的掌握，古今音韵变化的学习，一般的诗词创作课或者诗词创作入门教材就能解决。做好古典诗词的真正难度，在于长期的创作实践。

余志海诗文的成就，就与创作实践密不可分。最近20多年，他就专注地干了两件事，一是写诗，一是书字。在今天，能坚持20多年诗歌创作，本身就难能可贵。余志海数十年如一日，从事诗词创作，集腋成裘，聚沙成塔，水平日臻完善，完成近 14 万字规模的诗文集，实为不易。

当代古诗词大家胡安顺教授读了余志海的《宝镌堂诗文钞》后曾经这样评价：“志海君倾心向古，高标孤诣，研作律诗者有年矣。日不废搦翰，夜不忘揆理，言不妄发，词不虚掷，意求写真，文思构巧，故能日进月积，佳句时出。”

文学在今天存在的意义在于，除了古典传统的闲情逸致之外，更需要对社会的深度参与，进一步发扬乐府诗的现实主义传统，写现实、抒怀褒贬是应有之义。余志海的诗，在舒朗的抒怀之余，饱含了对社会的深度关怀和期许，这和杜甫沉郁顿挫的形式相表里，在当代人的古诗文创作中，当属佼佼者！

作者简介：李永平（1970—），古典文学博士，陕西师范大学文学院教授、博士研究生导师，中国比较文学学会文学人类学研究分会副会长。

此文原刊 2022 年 4 月 27 日《陕西日报》

此曲只应天上有　人间能得几回闻

——评余志海《宝镌堂诗文钞》

柏俊才

近体诗是唐朝流行起来的一种诗歌体裁，分为律诗与绝句两种。律诗要求句数固定、押韵严格、讲究平仄、要求对仗。绝句又称“半律”，句数是律诗的一半，写作要求与律诗大致相同。无论律诗还是绝句都对格律要求非常严格，因而现代人很少有人从事创作。即使偶有创作，无论是押韵还是平仄总会受到人们诟病。余志海先生的《宝镌堂诗文钞》收录其律诗、绝句300余首，格律谨严，平仄协畅，音韵和谐，对仗工整，意境优美，堪称21世纪古体诗创作的典范之作。当年杜甫在成都听到优美的音乐时不禁赞叹：“此曲只应天上有，人间能得几回闻”，用此两句诗来评价余志海《宝镌堂诗文钞》所收录的近体诗作亦不为过。

诗歌来源于生活，古先哲多有述及。陆机《文赋》中曾说“遵四时以叹逝，瞻万物而思纷。悲落叶于劲秋，喜柔条于芳春。心懔懔以怀霜，志眇眇而临云。”钟嵘《诗品序》亦云“气之动物，物之感人，故摇荡性情，形诸舞咏。”正是这种四时节候的变化引起诗人内心情绪的变化，形诸文字，于是便有了优秀的诗歌篇章。冬去春来，春暖草熏，草长莺飞，诗人写道：“芳菲花作伴，清脆鸟为邻”；花开花落，春随花去，诗人写道：“花开几日又销沉，解语春风何处寻”；夏日酷热，辗转反侧，不能寐，诗人哀叹：“入伏偷生苦，高温似火流。鸟鸣朝不见，蝉噪夜无收”；天高云清，秋意萧瑟，诗人吟道：“霜冷犹栖瓦，云寒不筑营”；寒冬腊月，天寒地冻，雾霾氤氲，诗人写道：“霾没千年巷，寒流百姓家”。时令气候的变化，诗人一一写入诗歌中，正是：“处处留心皆诗歌”。

所谓“人情练达即文章”就是看彻人情世故就是写出好文章。余志海自大学毕业之后，在高校工作30余年，人情世故了然于胸，他的直率、坚韧、变通给人们留下了极好的印象，也见于诗歌吟咏之中。同学天各一方，偶然相聚，又匆匆作别，感慨万端，诗人写道："男儿情切切，女子泪潸潸。莫负青春好，何辞世路艰"，黯然销魂中不失豁达之情；多年同窗，情比金坚，仓促分别，诗人谆谆劝诫："谁知失马叟，自惜饭牛歌。不作非分想，烦忧奈若何"，深情厚谊中不乏襟怀洒落；亲戚来访，乡音无改鬓毛衰，诗人感慨道："举座皆亲乡里话，倾杯频问故园秋。当年唯记汝黄口，今夕相逢我白头"，乡情悠悠中掺杂有无可奈何的长叹。赤子之心，情韵悠长，这正是他的诗歌感人至深之所在。

诗歌是否能够感人肺腑，得到人们认可，立意非常重要，苏轼曾经说过："善画者画意不画形，善诗者道意不道名"，正是这个意思。《宝镌堂诗文钞》中有篇《律诗立意说略》，强调立意要高远、真切、出新，他的诗歌创作正是实践了这一理论主张。端午时分，青粽飘香，龙舟竞技，热闹非凡，诗人想到的是“热泪洗枯千古恨，华章惊破九天云。滔滔白浪空悲咽，阵阵萧骚独吊君”，向南而立，泪洒衣襟，暗自神伤，悼念为国捐躯的屈原。这些诗篇不仅立意颇高，而且在琐碎的日常生活描述中融入了作者的爱国情怀，显示出读书人的博大胸怀。

近体诗有严格的字数限定，为了在有限的文字中表现更丰富的内容，往往会采用典故。在典故的古义与今义中转换，寻求更为丰富的意蕴。用典一般有两种形式，一是用历史故事，一是化用前人诗句。借用历史故事来表达作者的思想感情，包括对现实生活中的某些问题的立场和态度、个人的意绪和愿望等等，属于借古抒怀。引用或化用前人的诗文歌赋，也是用典的一种，目的是加深诗词中的意境，促使人联想而寻意于言外。《宝镌堂诗文钞》最大的特色是用典多，无论篇幅略长的七律还是篇幅最短的五绝都会使用典故。笔者曾进行过统计，一篇律诗中用六七个典故是比较常见的，如《教师节步苦竹兄韵》：

秋雨绵绵合续麻，杏坛处处可餐霞。
闲翻贝叶除他念，独占书城省自家。
梦里常听山外雨，壶中犹煮火前茶。
携来昨夜红泥缶，共与妻儿插桂花。

这首七律描绘教师节之际闲暇、雍容的生活，抒发知足常乐、闲适从容之情，由此可窥见当代教师风度与情怀。在这样一首诗作中，用了步韵、续麻、杏坛、餐霞、省自家、火前茶、红泥缶七个典故。其中有些似乎是生僻字词，实际上是用典，如“步韵”本是一个词，唐代元稹与白居易在长安时经常到曲江游玩，并用“步韵”（即“次韵”）的形式创作了不少诗歌。此诗中作者显然将他与苦竹比拟为元稹与白居易。诗中还有些名词似乎只是日常生活用品，而实际也是用典，比如“红泥缶”，就字面意思而言，“红泥缶”就是红泥炉，作者在此暗用白居易诗“绿蚁新醅酒，红泥小火炉。晚来天欲雪，能饮一杯无”（《问刘十九》），表现与妻儿温馨炽热的情愫。

近体诗中频繁用典，确实也有“掉书袋”之弊，可能会造成一般读者的阅读障碍。好在注者屈小宁对诗中僻典稍作注解，帮助读者阅读，颇有些“玉汝于成”的功效和“琴瑟和谐”的趣味。

短平快是今日文学创作之主流，余志海能够重拾已然为当今文学家们所日渐淡忘之近体诗，固已难得。同时又对律诗、绝句驾轻就熟，诗歌技巧炉火纯青，这在今日尤为可贵。故而借用杜甫诗“此曲只应天上有，人间能得几回闻”来评价《宝镌堂诗文钞》颇觉允当。

作者简介：柏俊才（1970—2023），陕西师范大学文学院教授、博士生导师，教育部学科评估通讯评审专家，教育部学位中心新增博士点硕士点通讯评审专家，教育部人事司长江学者通讯评审专家。

此文原刊 2022 年 4 月 29 日《渭南日报》

为时而作　为事而歌

——评余志海《宝镌堂诗文集》

钟海波

吾友余志海先生仪容儒雅，谈吐诙谐，倜然有古文士之风。他擅书法，好古书，喜金石，写古诗。某日获赠大作《宝镌堂诗文钞》，持阅一过，甚为敬佩。该集收录其古诗文数百篇，题材丰富，以传统形式表现当下生活，语言精美，技巧通熟。其诗文创作反映出深厚的国学修养。

古诗词是中国文学宝库中的璀璨明珠，是中华民族宝贵的文化遗产。我们通常所说的古诗词是古诗、词、曲的统称。具体来说，古诗又有古体诗与近体诗之分。古体诗是对唐以前诗歌的称谓，特点是不限句数字数，不讲究平仄对仗。同古体诗相对的就是近体诗，又称今体诗，是唐代涌现的格律诗，可分为律诗和绝句。近体诗讲究平仄与对仗，在字数、句数和用韵上都有严格要求。关于古诗词的概念，学界目前有两种界定：一是古人创作的诗词；二是依照古人的诗词格律和体制要求写下的作品，也称“古典诗词”“旧体诗词”，这一界定学界普遍认可。余志海的诗文多为律诗和绝句，属于近体诗。

余志海诗文题材广泛。有的是纪游诗，这类诗歌描写农家生活和绿树环绕、青山横斜的田园风光，如《晓起村》：“野径通幽巷，板桥牵竹篱。菊香招蝶戏，树老受藤欺。”《汪口镇》：“水映秋山静，烟笼古镇深。晓鸡啼浣女，琬琰代金簪。”诗歌语言幽默，对仗工整，赞美了恬静的乡村生活，表达了自己的生活理想与志趣。有的是咏物诗，如《咏竹》：“生来有节自高标，傲骨虚怀总寂寥。不共蓬蒿悲冷雪，拨云指日任翛翛。”竹子为文人喜爱，是因为它有七德：竹身形挺直，宁折不弯，是曰正直；竹虽有竹节，却不止步，是曰奋进；竹外直中空，襟怀若谷，是曰虚怀；竹有花不开，素面朝天，是曰质朴；竹超然独立，顶天立地，是曰卓尔；竹虽曰卓尔，却不似松，是曰善群；竹载文传世，任劳任怨，是曰担当。余志海的诗歌赞美竹子潇洒飘逸的风姿和清高傲世的情怀，运用托物言志手法表明自己的心迹。他的诗歌中还多有山水诗。自古以来，文人墨客描绘黄河，歌咏黄河之作有李白在《将进酒·君不见》中有“黄河之水天上来，奔流到海不复回”之句，写出黄河磅礴气势；王维《使至塞上》写“大漠孤烟直，长河落日圆”，写出黄河壮美气象；伟人毛泽东在《沁园春·雪》中的“黄河”意象境界宏大，景象壮阔，成为中国形象的象征。余志海的《黄河》写道：“滔滔万里若天河，日夜奔流曲折多。裹挟光阴滚滚去，犹将白浪号长歌。”写出了黄河的气势，写出了黄河不屈的性格。诗歌风格豪放，情感昂扬向上，给人鼓舞与力量。还有节庆诗，这类诗歌富含民族文化特色。《端午节征途感赋》：“步履关山苦，龙舟客域逢。朝行蹊路上，夜泊浅流中。伍魄凄吴雨，屈魂悲楚风。穷观江海阔，起落古今同。”诗歌表达了对志士仁人的缅怀和敬仰。余志海的酬唱诗以日常生活内容为题材，抒写自己的感受、情绪、情怀，因为题材源于生活，亲切感人，所以能引起共鸣和联想。

值得单独一说的是其生态诗和讽喻诗。改革开放以来，一些地方为追求经济效益，不重视环保。为了赚钱，空气污染了，河流污染了，土壤污染了，生活环境越来越差，食品安全成为社会问题，患病的人们越来越多。作者对此多有诗歌抒发。《霾散日出感赋》："阴霾迭次扰清平，皓曜须臾万里晴。大彻光芒惊世界，照穿一切小聪明。"《霾中观诸童拾叶》："金黄满树坠纷纷，稚子拈来看不真。未觉由身投世网，已随乱叶染红尘。"诗歌表达对生态环境的忧虑，体现着作者对人类生存的深刻思考：美在生活，美在人与自然的和谐，作为万物灵长的人类应当诗意栖居。同时也有批评现实的讽喻诗，反映了当代贪腐问题、人文精神滑坡或失落问题，如《乙未秋闻军方诸高官落马》："羊头高挂新丰市，腐肉阗堆细柳营。蠹孔千疮风雨密，汉家深梦一雷惊。"

该诗对贪腐分子表示出极大蔑视和鄙夷。《闻学者造假逐利有作》："弦箭文章赚朵颐，蝇攀蚁附醉佯痴。楼头四顾春光浅，几个风人愧采诗？"这首诗辛辣嘲讽了当下学界学风浮躁，弄虚作假的不良现象。

余志海的一些诗歌，表现出作家的文艺美学观念。《论诗二首》，其一："诗非大白话，品味不须猜。一切真情性，尽从凡俗来。"其二："推敲须可意，字字见精神。故作惊天语，已然望下尘。"两首诗歌正表现了作者的诗歌美学主张。确实，他的诗歌语言清水出芙蓉，天然去雕饰，不过分追求华丽的辞藻，不事雕饰，不求太多修辞，体现出追求朴素自然的道家美学特点。

古典诗词是中国传统文化的优秀代表，语言凝练精粹，音韵和谐动听，形象饱含深意，情志真切感人，作品中蕴含的文化元素丰富多样、精彩纷呈，具有颇高的艺术价值。讲究对仗，用典，合辙押韵，不同音律交错配合，平仄交替、声调错落成就了古典诗词抑扬顿挫的音乐美感，读起来朗朗上口，听起来声声入耳。余志海诗歌就有这样的特点。

白话诗兴起以后，古典诗词创作依然有很大的生存空间，接受群体依然庞大，生命力依然旺盛。古典诗文的存在有充分的合理性。“后古代”是“大现代文学”一个重要维度和面向。当下白话文学与文言文学并行发展，这应当予以提倡。文言会对白话文学提供丰富的精神滋养，尤其在语言方面。我们须创造、营造这样的文化环境和语境，以提升当代文学的美学品位。余志海的古典诗文创作为时而作，为事而歌，具有重要的当代意义。

作者简介：钟海波（1965—），陕西师范大学文学院副教授，古典文学博士，文艺评论家，中国茅盾研究会理事。

此文原刊2023年6月6日《陕西日报》官网西安新闻网

后记

宁读宝镌堂诗久矣。愿为其注者三：

《诗》三百以来，敦诗治文，雅道斯存。迨至唐宋，泱泱荡荡，可谓盛矣。唯元明以降，诗风日衰，为诗者实繁，知诗者盖寡。夫诗本雅道，贵真趣，贵自然，贵修为，贵品格。奈何时人效颦学步，止于浅表：或矫揉造作，无病呻吟；或志大才疏，附庸风雅；或使气逞才，卖弄学问；或高调打油，颂圣媚俗。每每徒有诗体而无诗趣，种种肤浅，皆有违斯文。宝镌堂诗则不然，此其一也。

时至今日，网络发达，凡事唯快，人皆繁忙。食求快餐，行求快车，闻求快报，寄求快递，靡不有快者。此所谓“快餐时代”及“碎片化时代”之“快捷化”者也。故人或无暇静处，无暇读书，乃至无暇享受生活。然则求快必忙，夫忙者，心亡也。何以故？为物所役也。时人于宅唯恐不大，于车唯恐不豪，于财唯恐不广，于名唯恐不张，心因以亡之，而神无以住也。慎思静处尚不能者，焉有余暇以读诗哉！偶有之，亦未必潜心品味，着意把玩，而与作者神遇也。故为宝镌堂诗稍作注解，以期烛幽显微，投石激浪，或能引读者关注，以助诗情，此其二也。

今之学科分类，唯细唯专，时代使然也。其利赫然，其弊亦赫然焉。今之专门学子日众，通识之士渐少。所谓专家者，或识家门之雪，不见他人瓦霜；指马鹿而为驴骡，呼麦苗而曰韭菜；五谷偶有不辨，触类每多不旁，实专门家也。故非文史从业者，于古典往事，每不熟稔。今宝镌堂诗稍用典故，偶涉旧闻，于古言之，实乃常识，而时人遇之，难免费解。故稍为之注，以示来处，方便读者理解，此其三也。

宝镌堂诗恪守格律，通用平水韵，又不与现代汉语相乖忤，读来琅琅上口，情趣盎然，若非动心感物，耽思沉虑于文心辞章者，以当今浮华之时遇而言，难以为之也。冰冻三尺，非一日之寒，此用心之作，当不以和寡而生遗珠之憾。宝镌堂诗或有瑕疵，斯亦不足为怪。

古人尺椽片瓦尚不忍弃之，若夫宝镌堂诗者，宁岂不珍之乎？故为之注，并为之记，以引识者青眼之顾也。

屈小宁

庚子新春谨识于长安城南上林学馆

本著印行四载以来，幸蒙各方抬爱，小有流布。今因库存告罄，乃允再版，遂将个别不足予以校订，并附三篇同行学者评论文章于后，以供读者品鉴。谨此向中国社会科学出版社及各界友好再致谢意！

癸卯冬月小宁又及于上林学馆